U0165589

應用外語 33

{ 語意學 }

五南圖書出版公司 印行

賴惠玲・著

ENGLISH

Foreword
推薦序

　　本書內容豐富多樣，舉凡語意學最基本核心的概念和學理都面面俱到，章節的安排由淺入深、循序漸進，脈絡分明，讀者易於上手，樂在其中。此書共分八章，每章結尾都附有習題讓讀者有機會演練習得的知識，如有疑惑不解之處，還能隨時參閱解答。

　　以下就其內容做扼要的觀察，第一章意義的研究開宗明義，點出語意研究的核心議題，即符號、概念、指涉對象的三角關係，並與符號學中三個面向（指標、圖標、符號）相連結，區別話語、句子、命題，意義的理解和語境、韻律的關係。此外，還介紹了原型、範疇，涵蓋原型和外圍成分之別、框架語意等。第二章討論語意的多層性和多元性，釐清各種語意關係（如聚合、組合、搭配、共現限制）、指涉和指稱、詞彙和語法意義、詞彙、語法意義各項的區別、言外之意、預設做何解釋。第三章介紹各種詞彙語意關係，包括近義反義詞、下義詞、詞彙空缺、詞彙卡位效應、標記性、語意場、詞彙的歧義、多義詞、隱喻、轉喻。第四章論述指涉的各項問題，包括指涉表現和指涉對象之別，指涉及指涉對象、言談指標（包括定指、非定指、泛指）等。第五章專論指示，介紹交談者

在語境中的指示關係，包括人物、時間、空間、社會、言談、情緒指示，除了言外指示，還談到言內的照應功能（如回指、反指）。指示不只限於指示詞、代詞，還可反映於動詞，如英語的come、go。第六章專論名詞所表現的事物概念類型，著重論述可數不可數名詞之區分，提出有界性、內部組成、可數性、異質性做為認定可數性名詞的準則，並說明集合、抽象名詞的特徵、量化的概念，其中含群體、級數量化。第七章探討語意角色與述語類型，引介述語所投射的論元結構和語意角色，並觸及活動層次理論及論元變化。第八章涉及時制、時貌、情態系統，釐清時制和時貌的區別，並論及情境類型，以動態性、持續性、自然終點為準則區分狀態、活動、短促、瞬成、完結等情境，舉華語的時貌標記「了」、「著」、「過」做為佐證，末了介紹情態系統，涵蓋知識、義務、能力情態。

　　本書內容相當充實，表述方式精當準確，基本概念的解說、語言術語的訂定諒必都經過審慎的斟酌和裁量，同時，本書所講述的內容也頗能反映出語意學的現代思潮。這本書不只適合做大學院校人文科學的教材，一般讀者如要提升個人的人文素養也可以從中獲益，以此為基礎，說不定甚至能激發進一步深入研究的興趣。

連金發

國立清華大學語言學研究所 清華講座教授

2017年3月

　　許多學科均會觸及意義是什麼這個問題，而「語意學」即是有系統的探討語言中的意義的學科。隨著各個學科的蓬勃發展，語意學的知識愈來愈重要。語意學從西方語言學發展而來，國內教授語意學的教科書都是以英文撰寫，觀念脈絡的建立或者語言事實的舉例及討論，多數以英語或其他非漢語的語言為主，使得許多同學在語意學知識的學習上顯得困難。多年教授語意學以來，深感國內應該需要有使用華語撰寫語意學的教科書，系統地介紹語意學的知識，協助學生減少學習的障礙。在五南圖書出版公司的邀書因緣下，有機會撰寫完成這樣的教科書。

　　這本書一共包括八個章節，第一章介紹語意學領域涵蓋的知識範疇及主要研究方法；第二章討論語言不同層次之語意及檢視的方法；第三章介紹詞彙語意的重要觀念，討論詞彙之間呈現之語意關係；第四章介紹指涉及意義，探討語言、概念與外在世界之映照對象的關係；第五章介紹指示，討論指示性語言形式與說話者所談論的外在的人事時地物的關聯；第六章介紹名詞，討論名詞的形式、屬性及表現之不同意義；第七章介紹動詞，討論述語之不同類型及展現的語意及句法差異；第八章介紹句子層次的語

意：時制、時貌及情態，討論時間語意的語言表現及說話者的態度及主觀判斷的語言表現。本書的對象是對語意學的知識有興趣的學生，但書中的專門術語仍然不少，專門術語第一次出現時會以不同顏色標示，並附上英文的對照，在索引的部分也提供本書全部的術語可對照查詢。

　　這本教科書的撰寫受到許多人的幫忙。首先要感謝三十幾年前我在政大英文系（當時叫政大西語系）的語言學啟蒙老師莫建清老師及殷允美老師；碩士班時引領我進入語意學領域的黃宣範老師及碩士論文指導老師李櫻老師；我最要感謝的是我的博士論文指導老師 Manfred Krifka，他讓我深刻體驗 the beauty of meaning，更讓我學習到如何嚴謹的處理這個聽不到看不見的知識範疇；以及感謝在學術生涯中，一路提攜我的連金發老師於百忙之中為本書撰寫推薦序。我也要感謝在政大教過的學生們，在教學過程中的教學相長，讓我學會如何讓學生有知有覺的學習語意學。其中，要特別感謝屬亞敏、胡雪瀅及樊毓三位同學協助文字及專門術語之譯稿及校正。也要感謝五南圖書出版公司朱曉蘋小姐的邀書及耐心的等候，吳雨潔小姐排版上的協助。

　　人類能藉助語言成功溝通，一定是彼此明白溝通的語意內涵。希望本書能讓更多的年輕學子掌握語意學的知識範疇，瞭解這個每天在生活中發生，看似抽象的語意內涵，其實是可以具體而系統性的一窺其奧祕的。

賴惠玲

2017年2月

CONTENTS
目次

● 第八章　時制時貌及情態系統

● 參考答案　　　　　　　　　　　　　　　　193

● 參考書目　　　　　　　　　　　　　　　　203

● 索　引　　　　　　　　　　　　　　　　　209

表目錄

圖目錄

第一章 意義的研究

chapter 1

第一節　語意研究概述

　　語意無處不在。無論是日常溝通用語、商品命名、口號設計、法律術語解釋還是文學作品鑑賞，均牽涉對語言文字的理解與詮釋。有三門學科特別關注語意，並對其進行系統性的研究：心理學、哲學和語言學。心理學家對於語言的感知、產生和習得三個層面興趣濃厚；哲學家關注人們如何獲知各種事實，以及事實之間如何相互關聯；而語言學家則試圖理解語言的運作機制。

　　語言學是研究語言的科學，其中語意學（semantics）是系統性研究語意的學科，探究語言如何組織思想以表達意義。而此學科面臨的第一個直觀的問題是：「語意」是什麼？語意學研究的語意究竟是什麼，其實很難一言蔽之，語意並不像語音本質上是空氣的振動，很難被直接觀察。縱觀過去的文獻，主要有以下四種嘗試研究語意的理論：

　　第一種是語意的功能論假說（The use theory of meaning），這個理論是由行為主義心理學家史金鈉（B. F. Skinner）和語言學家布龍菲爾德（L. Bloomfield）等發展壯大，他們認為語意顯然與某些可以用肉眼觀察到的現象互相作用；而語言僅僅關注能被觀察到的現象，並描述語言形式和使用時所處情境之間的關係。舉例而言，假使小美命令阿花「過來！」，而阿花朝小美的方向移動，那

就表示阿花一定理解小美命令的意圖。同樣地，小美告訴阿花「你踩到我的腳了！」，而阿花也迅速地把腳挪開，那表示阿花也一定理解小美的語意。但如果小美告訴阿花「英國的首都是倫敦」，即便阿花沒有做出反應，也並不代表她不理解該句的意義。這個理論的困難點在於語言形式變化無窮，並非全要靠觀察得到的肢體動作等才能表現理解語意與否。

第二種是大腦狀態理論（The brain states theory），此理論認為可以將語意與某些可以被觀察到的腦部狀態連繫起來。這種想法雖然聽起來很容易，但真正實證起來卻很困難。人的大腦極其複雜，而我們現在也僅僅只是漸漸開始理解它大致上的運行原理。此外，對於部分短語，很難將其劃分為不同生理狀態所對應的語意單元。即使我們能夠精確地描述出某個短語引起的某個個體的精神變化，我們仍然很難確定，對於該語言的使用者來說，這個短語一般表達什麼意思。人與人之間的思想迥異，即使是相同的訊息，不同的人也會有天差地別的理解與詮釋；即使是同樣的一段訊息，也可能導致完全不同的生理變化。舉例來說，2015年8月蘇迪勒颱風重創烏來，對當地災民而言，他們對「蘇迪勒颱風」的理解必定與那些沒有受到災害的其他地區的居民不同，因此當提及「蘇迪勒颱風」時，他們的大腦反應自然與其他人會有所不同，但這樣大腦狀態不同歸因於語言使用者的感受，並不代表語言文字的意義有所不同。

第三種是語意的概念論（The conceptual theory of meaning），此理論認為某一概念在其對象語言中的後設定義或稱元語言定義（metalanguage definition），即是該概念在此對象語言當中的名稱。語意是將某種形而上的對象實體化成概念。例如，如果小美告訴阿花「英國的首都是倫敦」，那麼小美傳達了一個概念，而阿花則抓住了這個概念。這聽起來似乎很合理，但是問題在於：什麼是概念？

　　第四種指稱理論（The referential/denotational theory）則認為，一詞語意的後設解釋（元語言解釋）是該詞所指涉的對象的名稱。例如，一般來說「球」的意義就是它的所指物——所有的球。關於這個理論，我們會在第四章詳細討論。

　　以上四種理論均導向一個最基本的問題：「什麼是語意？語意真的存在嗎？」如果聽話者得到的訊息（言語影響 the impact）和講話者想要傳達的內容（言語意圖 the intent）一致，那麼溝通顯然是成功的；而成功的溝通並不困難，時時刻刻均在發生。因此，我們可以將語意界定為人與人之間成功溝通時所傳達的訊息，也就是認知意義（cognitive meaning）或稱描述意義（descriptive meaning）。這樣的定調對於哲學家來說是個壞消息：我們還是不知道語意的實體是什麼。然而對於語言學家來說是個好消息：我們似乎可以不必知道語意的實體究竟是什麼，我們只需更關注語言表現和意義（內容）之間的關

係。要釐清這種關係，我們不必致力於深究語意的本質，而是學習觀察語意的方法。就好像我們不必深究「溫度」這個物理現象的本質，但我們可以因為溫度的高低而感受冷熱的道理一樣。簡言之，語意是語法（grammar）的一個組成成分：語言的語法可能是語言使用者固有的知識、語言學家精確的描述，或者兩者兼具。而語法必須包含三個部分：語音知識、句法知識和語意知識。音韻學（phonology）是研究語言中語音及聲韻類型的學科；句法學（syntax）是研究詞的層級以及更大層級的短語、句子如何建構的學科；而語意學即是研究語意組合與語意聚合的學科。因此，要瞭解語言的全貌，系統性研究語意之語意學是不可忽視的。

 ## 第二節　語意知識

　　如果語意如此難以掌握，那麼我們如何判斷自己已經掌握語意知識？語意學即是有系統的闡述語言內涵之間的關聯以彰顯人類認知的語意知識。舉例來說，假設我們不知道「麻雀」的真正含義，但是我們可以發現它和「鳥類」的意義相關。特別是「麻雀」和「鳥類」的語意連繫類似於「老虎」和「貓科動物」的語意連繫。任何麻雀都屬於鳥類，就像任何老虎都屬於貓科動物一樣。同樣地，我們也可以理解「美麗比大雄先到學校。」與「大雄比美麗晚到學校。」表達同樣的意思，而與「大雄比美麗先到

學校。」表達的是相反的意思。另外如果「房裡桌上有玫瑰」是真的，那代表「房裡桌上有花」也絕對是真的。能正確理解詞彙或句子間的關係即驗證了我們具備語意知識，本書即是要介紹語意學領域的觀念及方法來驗證我們所具備的語意知識。

第三節　意義的三角模型

　　「語意學」這個名稱是在19世紀後期由法國語言學家布雷阿爾（M. Bréal）杜撰而來。語意學（semantics）是從古代希臘文的詞彙 semantikos 而來，意思為「和符號（sēmeion）相關的」。Semantikos 原來的用法之一是作為一個醫學用語，指潛在疾病表現出的徵兆。這個詞的來源突顯出語言符號研究和一般符號研究之間的密切關係，一般符號包括人工符號、傳統符號、電腦程式語言中的符號或自然信號等。而研究符號的學科被稱為符號學（semiotics），這是20世紀新創立的一門以皮爾斯（C. S. Peirce）和索緒爾（F. Saussure）的研究成果為基礎的學科。語意的討論牽涉三個重要的面向：語言符號、外在世界之實物及語言使用者的心智，也就是說我們運用語言符號來表現我們心中指稱的語意，進而指涉外在世界的人事物。每一種語言都有和我們周圍世界的物體（名詞）、事件（動詞）或對事物的描述（形容詞）明顯關聯的詞彙。這就是奧古登（C. Ogden）

與李查茲（I. Richards）（1923）論述的意義的三角模型（the semiotic triangle），可以用下面圖示來展現。語言符號本身為能指（signifier），所表示的符號意義稱為所指（signified）；符號組織我們的思想和對外在實物的指涉，能指和所指之間的連繫稱為象徵關係（to symbolize），而所指和指涉對象之間反映指涉關係（to refer to），指涉對象與能指則具有意義上的關聯，符號（能指）即代表（to stand for）指涉對象。

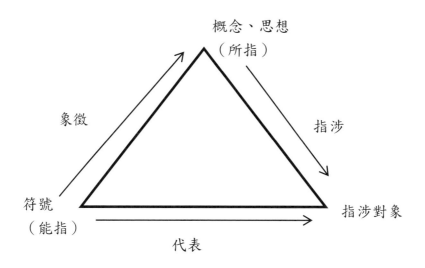

圖1-1　意義的三角模型

第四節　符號的分類：指標、圖標和符號

　　皮爾斯（C. S. Peirce）和索緒爾（F. Saussure）嘗試解釋符號傳達意義的方式，他們在指標（index）、圖標（icon）和符號（symbol）三者之間做出顯著的區別。

　　指標性的符號，即指標（index），指示其鄰近（緊鄰）的事物。如果能指（signifier）和所指（signified）之間自然地連繫，那麼這個符號就是指標性的（indexical）。這種連繫一般而言具因果關係，或者被假定為因果關係，例如煙霧是火的一種指標、身體徵兆是疾病的一種指標、說話含混不清可能指示了說話者喝醉酒、嗓音突然提高可能指示說話者的激動、而揚起眉毛或皺起眉頭可能指示此人此刻驚訝或憤怒的內在情緒狀態。語言中的指標性原則（indexicality principle）即表示我們可以在注意力所及範圍內，「指」出目標物。人們將自己視為宇宙的中心，並且從我們的角度出發去審視萬物。這種以自我為中心的世界觀也反映在語言使用中，例如，我們所處的地點稱為「這裡」，而所處的時刻稱為「現在」。類似「這裡」、「那裡」、「現在」這樣的詞被稱為指示語或指示表現（deictic expression），將在第五章詳細介紹。

　　如果能指和所指之間具有象似性（iconicity），那麼這個符號稱為圖標（icon），可以是模仿被指物的外形、或被指物的聲音。許多公共場合的標誌（例如交通標誌、

廁所）就是圖標。而某些擬聲詞（onomatopoeic word）
的發音暗示了它們的意義，例如 hiss（發噓聲）、splash
（飛濺），也可算是圖標性（iconic）的符號。但擬聲詞
的數量很少，而且很多擬聲詞「聲」和「意」的連繫並不
直接。

　　以象似性為基的圖標雖非常態語言符號，但象似性
卻也反映在部分語言形式及意義的對應上。例如一些詞
的語音結構和它的意義結構相對應，呈現結構性象似性
（structural iconicity），一般而言，語詞的長度往往和其
概念的複雜程度有關。以名詞為例，在許多語言中複數
形式一般比單數形式要長，例如英語的 book 和 books，
以及 child 和 children。另外，圖標還可以區分出連續性
象似性（sequential iconicity）和緊鄰性象似性（iconicity
of proximity）。連續性象似性可以舉詞序來說明。根據
詞序類型學，「主語——述語——賓語（SVO）」、「主
語——賓語——述語（SOV）」、「述語——主語——賓
語（VSO）」這樣的詞序是比較常見的，而「賓語——
主語——述語（OSV）」、「賓語——述語——主語
（OVS）」、「述語——賓語——主語（VOS）」就非
常少見，因為主語往往是一個連續過程中概念上的「起始
點」，將它置於賓語之前更符合對事件的描述。事件發生
的順序也常和子句的先後語意一致，例如 Bill and Sue got
married and had a baby.（比爾和蘇結了婚有了小孩）這句
話的敘述表達了兩個事件的順序，理論上對等連接詞的

兩個句子換位置應該不影響對事實的陳述，但是 Bill and Sue had a baby and got married.（比爾和蘇有了小孩結了婚）似乎就表達另外一種事件發生的順序。同樣地，構成下面兩句話的詞一模一樣，但是由於形容詞 red 的位置不同，而傳達不一樣的語意：Jane painted the red door（阿珍漆了那扇紅色的門）和 Jane painted the door red（阿珍把那扇門漆成紅色）。而緊鄰性象似性顯示了那些概念上比較鄰近的詞在句法位置上也會比較接近，例如，直接賓語往往緊鄰動詞，要不在動詞之前，要不在動詞之後。

　　大部分的符號能指和所指之間的關係是約定俗成的，也就是象徵性的（symbolic）。語言符號的本質具有其約定俗成的任意性（arbitrariness），此種能指和所指間的關係需要透過學習來獲得，而後才能用於進行人際溝通。語言符號的任意性可以視作兩個層次：一是動機的缺乏，如為什麼房子要被叫做「房子」而不是其他；二是能指和所指間之關係的約定俗成展現了語言的符號本質。

 ## 第五節　話語、句子和命題

　　話語（utterance）是講話或寫字的行為，它是一個發生在特定地點、特定時間的具體事件。一個話語的意義包含兩個層面，一是句子的含義，另一面向是指所處環境的意義——時間、空間、涉及人物、人物背景、人物之間的關係，以及人物之間互相的瞭解程度。話

語意義（utterance-meaning）或者說話者意義（speaker-meaning），為說話者在產生話語時所要傳達的含義，如下面的例子（1a）的話語意義是打招呼，而（1b）是點咖啡。一個句子（sentence）尚不是一個事件，它僅是由單詞按照特定順序組成的有意義的結構，句子的含義是由詞語的意思和其所在的句法結構由小到大組合而來。例子（1c）、（1d）、（1e）雖然描述的事件情境是同一個，但組合的詞語及句法位置不同，呈現的分別是三個句子。如果過濾掉句法訊息，進一步抽取意義就可以確定命題。篩除句法結構的不同後，我們就會得到對情境的描述，稱為命題（proposition），而句子的命題內容就是將句子縮減到一個命題時所包含的意義。例子（1c）、（1d）、（1e）即是表達同一個命題，可以用（1f）的公式來表示，由述語「親」連帶事件參與者，括弧內左邊是動作發動者，右邊是動作接受者。

1
a. 「你好！」
b. 「一杯拿鐵。」
c. 阿丁親了阿美。
d. 阿美被阿丁親了一下。
e. 親阿美的是阿丁。
f. 親（阿丁，阿美）（句子 c，d，e）

第六節　意義、訊息與語境

　　語言是由符號構成的一個複雜的系統，並且被使用這個系統的群體中每個成員所共享，但是有些符號是非語言的。自然符號像是所有種類的光線、聲音、氣味也帶有某種意義。我們看到煙就知道可能已發生或者即將發生一場火災；看到烏雲就知道可能快下雨；在許多運動中，哨聲或蜂鳴聲往往表示著每一階段比賽的開始或結束。

　　獲取訊息的過程往往由三部分構成：（一）感知：在符號和觀察者處於同一時間、同一地點的情況下，符號吸引了觀察者的注意。（二）識別：在感知到符號後，我們會將它和之前儲存在我們記憶裡的前置經驗連繫起來，將這些符號分成很多種類。（三）解讀：任何符號的含義都仰賴於我們觀察它們所處的時空環境。在一定的時間、空間裡，各種符號會含有不同的含義並且能夠被解讀成不同的內容。因此，語言符號傳達的訊息與其出現的語境關係密切，言語語境（linguistic context）指的是在同一談話語篇中鄰近的話語。如下面的對話所示，阿丁話語提到的內容，對於理解阿美省略的話語非常關鍵。

例 2

　阿丁：誰給了服務生一大筆小費？
　阿美：阿倫。

而實體語境（physical context）則包含背景、常識、百科知識和現實知識語境，也就是共同背景知識。這類語境中得到的訊息解釋了下面（3a）符合語用規則，而（3b）不符合語用規則，是由於我們對世界的常識理解，知道紫禁城在北京，不在巴黎。

3　a. 我上星期去了北京，紫禁城很宏偉。
　　b. ？我上星期去了巴黎，紫禁城很宏偉。

第七節　韻律和意義

　　語言的意義不僅僅包括「說什麼」，也包括「怎麼說」。說話的語調（intonation）及重音（stress）也會造成語意上的不同。一般而言，語調下降（降調）意味著對自己所說的話肯定並且話語是有結尾的，顯示了說話者的主控性。而語調上揚（升調）則表明談話以聽話者為主導。升調和降調不同的順序組合能夠產生不同的聲調線，揭示不同的溝通目的。以下例子顯示升調（↑）或降調（↓）帶來的不同意義：

(1) 陳述句（降調）／疑問句（升調）：

　　Yes.↓　Yes?↑　This is the book.↓　This is the book?↑

(2) 要求重複（升調）／尋找訊息（降調）：

What?↑ Who?↑ What?↓ Who?↓

(3) 平行結構（降調）／對照（先降調後升調）：

This is my brother, William.↓

This is my brother, William.↓ ↑

(4) 開放性問題（升調）／選擇性問題（先升調後降調）：

Do you have a highlighter↑ or a marker?↑

Do you have a highlighter↑ or a marker?↓

(5) 完整陳述（降調）／保留陳述（先降調後升調）：

That's correct. ↓(或 That's ↓correct.)

That's correct.↓ ↑

　　重音不同也會帶來語意不同。將一個英語的語意群中的某個音節發得響而長，而往往這個音節也就是音高改變的地方，我們將那個較爲突出的音節稱爲重音。語調和重音一起組成了韻律。一個語意群中最突出的部分稱爲焦點。下列例子大寫的部分讀重音，表示不同的焦點，語意也有所不同。

4　a. My brother is a DOCTOR.

　　b. My BROTHER is a DOCTOR.

　　c. My brother Jim, who lives in TAINAN, is a doctor.

第八節　類別（範疇）

一、範疇的形成

我們借助經驗或者概念來表達我們的思想，進而理解這個世界。概念之於我們爲一個個有意義且相關的相似概念的集合，我們又稱這樣的集合爲範疇（category）。無論是自然界的概念範疇或者語言範疇，均是因社群中重要的事物而產生。舉一日常情境爲例，我們知道飯後吃水果會幫助消化，如果每餐飯後均吃點水果，雖然每次吃的水果不同，每次吃水果的經驗也不同，場景也不同，但是，所有這些不同的狀況，都差不多可以歸爲同一類相同的經驗，因此就會構成一個「飯後吃水果會幫助消化」的範疇。只要再遇到一個相似的情境，都可能會把它歸入這個範疇。

「飯後吃水果會幫助消化」的範疇是根據個人經驗的概念範疇（conceptual category），雖然有些人可能有共同經驗，但也有些人可能沒有這樣的習慣及經驗，因此他們不會形成這個範疇。如果我想要和其他人溝通我的想法，我需要語言符號來代表這些想法和概念。這些語言符號是一語言範疇（linguistic category），大部分語言範疇即文字，由一個語言社群中的所有成員共享，透過詞彙或特定的語法結構範疇來表達我們的思想。任何範疇都是整個範疇系統的一部分。語言可以被看做一個生態系統

（eco-system），在這個系統中，一個語言範疇就像自然界中的物種一樣，占據生態系統中的一個位置，又稱生態龕位（ecological niche）。一個語言範疇的意義和它的相鄰範疇及整個系統有關，而一個新範疇的引入會影響其他範疇。例如，以前我們只有一個詞「電話」用來指稱常用的即時遠程通訊設備，之後「手機」的出現影響了系統；於是，傳統的電話為了區別可被稱為「固網電話」（landline，即家用電話）。而「固網電話」只有和它的相反範疇「行動電話」（亦即「手機」）對照才有意義，而在「手機」這個範疇內，「智慧型手機」的引入又產生了一個與「非智慧型手機」相對的新的生態龕位。可見範疇系統是個動態的系統，隨時會因為新詞彙的引進而改變。

　　語言範疇的生態動態性也與文化密不可分。舉顏色詞為例，不同語言表現了不同文化對顏色的不同看法。伯林與凱（B. Berlin & P. Kay, 1991）指出了構成顏色詞系統的十一個基本顏色詞為白、黑、紅、綠、黃、藍、棕、紫、粉紅、橙和灰，這些基本顏色詞在不同的語言裡有著不一樣的演變順序。新幾內亞以漁獵、游牧維生的丹尼族（Dani）僅有二種基礎顏色詞區分暖色系與冷色系，菲律賓的含努鬧語（Hanunóo）擁有四種基礎顏色詞黑、白、紅、綠系統，英語則十一種都有。另外一個例子是關於「雪」的詞彙，處寒帶地區的因紐特族（Inuit）有高達50多個詞彙描述雪的各式樣貌，如下大

雪是 tlamo、下小雪則是 tlatim。這些情況同樣也會發生在其他寒帶地區生活的民族，像是拉普蘭地區的薩米族（Sami）有20多個詞彙描寫冰、40多個詞彙描寫雪。而對熱帶地區的人來說情況則相反，亞馬遜流域地區的語言沒有詞彙描述「雪」（僅能找到「固態的雨」此種表達方式），但卻有許多詞彙用以描繪「綠」的各種漸層顏色。

　　類似的情況還發生在不同的文化對地理方位的不同處理方式中，在英語和華語中，均有四個基本範疇描述地理方位，英語的 east、south、west、north 分別對應華語的「東」、「南」、「西」、「北」，但在西太平洋蘭嶼島上的雅美語（Yami）中，描述地理方位的基本範疇只有兩個：irala 和 ilaod。我們可能會猜測這樣的情況與普遍的地理風貌和對方位劃分的差異有關，因而對於這三種文化來說都很有意義。對雅美族人來說，他們日常所見最多的便是海（irala）和山（ilaod），因此，臺灣本島位於 ilaod（北），蘭嶼位於 irala（南）。有趣的是，在英語和華語中，我們常常用風吹來的方向命名風，例如，從北邊吹來的風稱為北風（the north wind），但是在雅美族人口中，北風（ilaod）是從山吹向海的風。無論差異背後的原因是什麼，我們能夠陳述的事實就是當我們提到地理方位時，英語和華語母語者必須將他們的經驗歸類到他們語言中具有的詞彙範疇，而雅美語母語者須從兩個詞彙範疇中選擇。可見語言範疇與文化及人們的經驗認知息息相關。

二、範疇的內部結構：原型和外圍成分

　　一個範疇如「鳥」是由許許多多類似的成員組成的，例如，知更鳥、麻雀、鴿子、鸚鵡、孔雀、貓頭鷹、企鵝、鴕鳥等均是不同的鳥。但是我們會直觀地認為有些種類的鳥會比其他成員更適合「鳥」這個範疇。對於美國人來說，會將知更鳥看作「鳥」範疇的典型成員或者原型（prototype），臺灣人會認為是麻雀，但他們均會將企鵝或鴕鳥看作較不典型的成員。原型理論（prototype theory）認為每一類別都有較中心或典型的詞彙或概念，而往外擴張則是該類別非典型與外圍、邊緣（peripheral）的成員。因此，在鳥類的類別中，麻雀比企鵝更為典型，而在家具的類別中，椅子比燈更為典型。而經一些心理實驗證明，說話者傾向支持類別中的典型成員，而不是非典型成員。但某一成員是否為典型與文化及世界經驗有極大的關係，下一節就介紹框架的概念。

三、框　架

　　菲爾墨（C. Fillmore, 1976）提出之框架理論（frame theory）與雷可夫（G. Lakoff, 1987）之理想認知模型（idealized cognitive models）皆認為不同語言的說話者根據其文化與經驗瞭解世界，因此對於世界的認識途徑可分為字典定義的知識與百科全書式的知識兩種。結合這兩種方法使用一個詞彙，能產生典型化效應（effect of prototypicality），比方說單身漢（bachelor）一詞在字典的定義為「一夫一妻制中未婚單身的人，通常會有浪漫愛情發展為基礎」，而文化及世界經驗讓我們不會將宗教人士，如教宗，認為是單身漢，即使教宗符合單身漢的字典定義。文化世界知識及經驗的背景知識即型塑出框架（frame），當我們聽到或使用一個詞時被激活的一連串知識就是概念框架（conceptual frame）。我們所有連貫的知識點都建構在認知框架中，婚姻、交通、大學、氣候等情境都涉及不同的框架。

我們對於框架的認識使得我們能夠理解事物的連貫本質，它內部的每個部分在總體結構中都有自己的位置和功能，這樣使得語言很經濟有效率。這些總體的部分會啟動溝通時所指的活動區（active zone），語言表面上說的是整體但實際上指的是它的活動區。例如，當我們提到印表機沒墨水了，我們實際上指的是它的墨水匣（沒墨水了），或者當我們說吃了一根香蕉，我們實際上只吃了它的果肉，沒吃它的皮。這些例子說明了辨別活動區是聽話者一項主要的認知成就。當我們在字典裡查閱單詞汽車時，它的釋義並不包含車輪、引擎、車身或汽車內部等，但是我們仍然能夠輕鬆地在理解時進行補充。這種現象揭示了語言使用非常重要的一個面向：我們經常借助我們的框架知識來理解言談行為。

 練習題

1. 說話的語調及重音常造成語意不同。下列句子大寫的部分代表其重音所在,而重音表示不同的焦點,會有不同的語意。請你就各例句重音位置判斷該句欲表達的語意為何?(例句(1)為範例)

   (1) John gave SUE a rose and MARY.

   ➡John gave Sue a rose and John gave Mary a rose as well.

   (2) JOHN gave Sue a rose and MARY.

   (3) John admired SUE more than MARY.

   (4) JOHN admired Sue more than MARY.

   (5) Mary only KISSED Bill.

   (6) Mary also KISSED Bill.

   (7) Mary even KISSED Bill.

   (8) It is JOHN who will go to Berlin tomorrow.

   (9) Mary didn't kill Bill with the HAMMER.

   (10) Mary didn't kill Bill with the hammer.(多重語意)

2. 人在說話時,若將韻律擺放在不同的詞彙上常會造成許多幽默的效果。觀察下則笑話,解釋為何說話者 B 在聽完說話者 A 的問題後,會如此回答:

   A: Why do we dress baby girls in pink and baby boys in blue?

B: Because they can't dress themselves.

3. 原型理論認爲每一類別（範疇）有較中心、典型的詞彙或概念，而往外擴散則是該類別非典型與邊緣的成員。爲了更瞭解原型理論的核心概念，請先羅列十種鳥類的名稱，再將這十種鳥類的名稱交給任意五人從一到十照熟悉程度排序。之後，製作成 excel 表格相互比較差異，分析這些差異與原型概念的關聯。

4. 請寫出下列例子屬於什麼類型的符號（指標、圖標或符號）。

(1) 道路標誌

(2) 小心落石

(3) 摩斯密碼

(4) 寶寶哭

(5) 結婚戒指

(6) 刺青

(7) 洞穴壁畫

chapter 2

第二章　語意的多層性與多元性

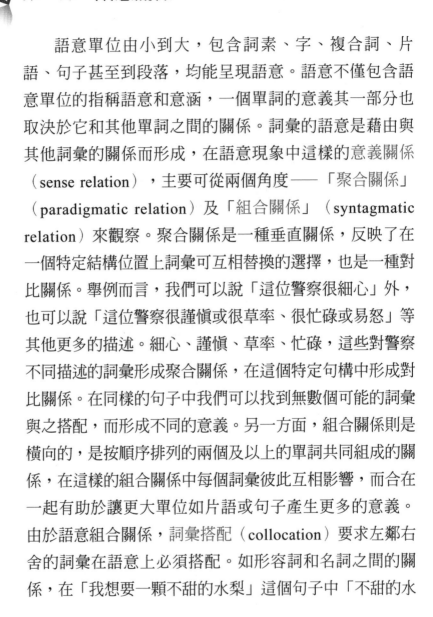

第一節　語意關係

　　語意單位由小到大，包含詞素、字、複合詞、片語、句子甚至到段落，均能呈現語意。語意不僅包含語意單位的指稱語意和意涵，一個單詞的意義其一部分也取決於它和其他單詞之間的關係。詞彙的語意是藉由與其他詞彙的關係而形成，在語意現象中這樣的意義關係（sense relation），主要可從兩個角度——「聚合關係」（paradigmatic relation）及「組合關係」（syntagmatic relation）來觀察。聚合關係是一種垂直關係，反映了在一個特定結構位置上詞彙可互相替換的選擇，也是一種對比關係。舉例而言，我們可以說「這位警察很細心」外，也可以說「這位警察很謹慎或很草率、很忙碌或易怒」等其他更多的描述。細心、謹慎、草率、忙碌，這些對警察不同描述的詞彙形成聚合關係，在這個特定句構中形成對比關係。在同樣的句子中我們可以找到無數個可能的詞彙與之搭配，而形成不同的意義。另一方面，組合關係則是橫向的，是按順序排列的兩個及以上的單詞共同組成的關係，在這樣的組合關係中每個詞彙彼此互相影響，而合在一起有助於讓更大單位如片語或句子產生更多的意義。由於語意組合關係，詞彙搭配（collocation）要求左鄰右舍的詞彙在語意上必須搭配。如形容詞和名詞之間的關係，在「我想要一顆不甜的水梨」這個句子中「不甜的水

梨」很正常，而句子「我想要一杯條紋雪梨」中的「條紋雪梨」就很奇怪。英語 Jane walked. 或 A year elapsed. 這兩句話都有意義，但 Jane elapsed. 或 A year walked. 則不成立。組合語意關係的表現具共現限制（co-occurrence restriction），而聚合語意關係則是在一系列選擇中操作，複合詞組如「雜誌與報紙」、「謹慎但易怒」、「唱或跳」就是將兩個有聚合關係的詞擺放在一起使其具組合關係。若要完成「小明喝了一杯＿＿＿＿＿」的填空，我們只能從一系列液體詞彙中如牛奶、啤酒、檸檬水、白蘭地酒等選擇一種，句子的語意才能連貫。第三章會詳細介紹詞彙語意關係。

 ## 第二節　指涉和指稱語意

每一種語言都有與我們周圍世界的物體（名詞）、事件（動詞）或對事物的描述（形容詞）關聯明顯的詞彙。第一章提到奧古登與李查茲（C. Ogden & I. Richards, 1923）論述的「意義的三角模型」，曾說明能指和所指之間為指涉關係。當我們聽到或看到一個詞彙時，我們的腦海中就會對單詞所代表的事物形成一幅圖，也就是我們傾向於將概念轉化為心理圖像（mental image），但是人們的心理圖像千差萬別，即使是相同的名詞如「花」或「狗」，人們都會產生不同的聯想，而關於這些詞彙的知識也不僅僅限於將它們和具體的物體做連結。若想解

決這個問題，我們可試著在指涉（reference）和指稱語意（denotation）之間加以區別。指涉是語言表現，如「這朵花」、「這條狗」是在某一個語言使用的特定場景中這個語言表現與其所指對象之間的連繫。指稱語意是單一詞彙「花」或「狗」這類語言表現所能夠指涉的所有可能對象。指涉是說話者或者聽話者成功運用一個語言表現（linguistic expression）的方式，而指稱語意則是他們所擁有能夠使他們成功應用語言表現的知識。指涉是一個非常重要但複雜的概念，第四章會更詳細地討論。

 ## 第三節　言外之意

　　指稱語意確定了詞彙語意中人人同意的最核心的層面。而言外之意（connotation）指的是詞彙引起的情感連繫。例如「狗」具有的指稱語意大致上在各種文化語言中均會相同，但是，狗在不同的文化社會會激發不同的情感。對愛斯基摩人來說，狗是一種用來拉雪橇的動物；而帕西人則將狗奉為神；印度教徒將狗視為有害的生物；在西歐和美洲，一些狗被當做打獵和守衛的夥伴，而現代許多人則把狗當成寵物，甚至是小孩。第一章提到詞彙範疇像是生態系統，從言外之意的角度來看，不同詞彙也提供了表達不同態度的方法。Violin 是一個常用術語，也是一個中性詞，而 fiddle 則是一種幽默的用法，有時則用於表達喜愛卻可能略顯缺乏敬意。英語表

示「瘦」的形容詞就有褒貶不同的言外之意：thin 是中性詞，slender 及 svelte 是讚美別人苗條，而 skinny 有點貶抑好像是瘦得皮包骨，scrawny 則更是指瘦得不成形的骨瘦如柴。同樣地，「節儉」及「吝嗇」，「鼓勵」及「教唆」也可能是同樣的情況下不同解讀的結果。

 ## 第四節　詞彙意義與語法意義

　　指涉表現（referring expression）與述語（predicate）是具有詞彙意義（lexical meaning）的詞彙。指涉表現用於連繫語言外的指涉對象。述語則涉及命題或指涉某一實體並對其指涉對象進行陳述或斷定。句子 A student laughed. 是由一些較小的意義單位組成，其中名詞詞組 a student 指的是某一明確、有生命的個體，我們可以稱這樣的詞組為指涉表現。指涉表現是語言的一部分，與外在世界的實體或者概念連接。第四章將會更深入談到指涉表現的相關議題。而此句中另外具有意義的部分為動詞 laughed，是和指涉表現 a student 有關的一個行為，呈現該學生的活動，為一述語。

　　每種語言都有其語法系統，不同的語言具有不同的語法系統來表達語法意義（grammatical meaning）。以英語為例，上述的句子同樣也具有語法意義，我們可以透過 A student laughed. 和其他句子的對照，解釋它們的語法意義如何有所不同。英語的語法系統可藉由詞的排序（指

涉表現放在述語之前）、添加語法詞綴（如-s 附加於名詞 student 上、-ed 附加到動詞 laugh 上）、添加功能詞如 did not、a、not、some 和 the 等，使得下列例句合乎意義表現：

1 a. 陳述／疑問

A student laughed.   Did a student laugh?

b. 肯定／否定

A student laughed.   A student didn't laugh.

c. 過去／現在

A student laughed.   A student is laughing.

d. 單數／複數

A student laughed.   Some students laughed.

e. 非定指／定指

A student laughed.   The student laughed.

　　語法意義能透過字的編排、名詞詞綴、動詞變化、虛詞等不同的方式表達。名詞「學生」與動詞「笑」意義來自詞彙本身與外在世界的連接，稱之為詞位（lexeme）。詞位是能夠指涉或成為述語的最小單位，每種語言所有的詞位會組成該語言的詞彙，例如，go、going、went 和 gone 是 go 這個詞位的四種形式。但是有著「忍受、容忍」之意的 put up with 只能算是單一詞位；同樣的，kick the bucket 與 The cat is out of the bag. 也

是如此。一個詞位可能只包含一個意義部分，例如手臂（arm）、椅子（chair）、快樂（happy）、鋼琴（piano）、或檸檬（lemon），也可能多於一個意義部分，例如扶手椅（armchair）、不快樂（unhappy）、鋼琴家（pianist）、檸檬水（lemonade）。我們稱表示最小意義的部分為詞素（或稱形位[1]，morpheme），手臂（arm）、椅子（chair）、快樂（happy）、鋼琴（piano）、檸檬（lemon）、鞋子（shoe）與角（horn）既是一個詞位也都各是一個詞素，它們不能再分出有意義的部分，並能夠獨自出現，因此也可以稱作自由詞素（free morpheme）。而有些組成成分比方說 unhappy、guitarist、lemonade 裡的 un-、-ist 與 -ade 則是附著詞素（bound morpheme），不能單獨存在，當然也不是一個詞位。

 ## 第五節　句子的語意 ⋯⋯⋯⋯⋯⋯⋯⋯⋯⋯⋯⋯⋯⋯

句子意義是指一個具體的句子所表示的含意，它並不會考慮句子表達的內容是否可以實現。當我們用句子做聲明或對外部世界發生的事件進行陳述（無論真假），命題（proposition）就產生了。句子的命題內容就是將句子縮減到一個命題時它所包含的意義，因而只是整個句子的一

---

[1] 連金發（2000）亦將其稱為「形位」。

部分意義。下面介紹兩種處理語句意義的方法：語意組合性（compositionality）及真值條件（truth value）。

　　語意組合性是指句子的語意是由其組合的詞位，以及其涵括的語法意義所組成，因此若瞭解句子中所有詞彙與語法上的意義，便可以瞭解句意。所以，如果你知道一個句子所有的詞彙和語法意義，你就知道這個句子的意義，反之亦然。所以，「小李喜歡小華」的句子意義就是由「小李」指涉的對象，「喜歡」指涉的行為，及「小華」指涉的對象組合而來；其組合的順序是述語「喜歡」先跟賓語「小華」組合之後形成一個動詞短語（verb phrase），然後再跟主語「小李」組合就得到整個句子的意義。這種處理句子意義的方式基本上是假設語意與句法結構的組合是一對一的關係，對直接陳述的陳述句是可以很簡單明瞭的理解句子意義。然而詞彙、短語（詞組）及句子的組合關係常常會有成語或慣用性，這時句子的語意就非由每個字面義組合而來，例如 The cat is out of the bag. 這個用法如果要得到「祕密洩漏了」的語意，就無法用語意組合性的方式得到，而是整個句子必須記憶，像這種無法由規則產生而必須儲存在記憶中的語言形式稱為錄位（listeme）。

　　真值條件是指當一個句子為陳述句，如果你知道句子的意義，你就知道使句子成立的必要條件。真值條件語意學建立在「任何陳述句的核心意義就是它的真值條件」的概念基礎上。請觀察下面的句子：

例2 林方一開了臺南第一家百貨公司林百貨。

這個句子的眞假值如果爲眞，那麼你知道一定存在一個叫林方一的人和一個叫臺南的地方，這些先備知識稱爲預設（presupposition），在林方一開林百貨之前，臺南沒有百貨公司，這些是意涵（entailment）。而且，你知道如果此句爲眞，那麼下面的句子就爲假，因爲其違反事實是矛盾（contradiction）。

例3 林方一沒有開臺南第一家百貨公司林百貨。

　　眞值條件語意學爲根據句子的核心語意作爲眞假判斷依準。若一個句子爲眞，那麼其他部分相同、部分不同的表達，是否可以依照該句判定？又如果句子爲眞，是否其他句子也爲眞？抑或會使其他句子爲假？甚者，根本沒有眞假值的存在？這些問題是透過眞值條件處理句子語意時要面對的。

 ## 第六節　預　設

　　預設（presupposition）又稱爲前提，爲一個句子眞假與否的先備知識，語意預設最簡單的定義爲：

如果下列條件成立，那麼句子 B 是句子 A 的語意預設：

(i)所有 A 為真的情況下，B 都為真

(ii)所有 A 為假的情況下，B 為真

但要注意的是當 B 為真，則 A 可以是真或假，當 B 為假，則 A 的真假無法判斷。下列句子為例，句子 (c) 是 (a) 和 (b) 的預設，句子 (f) 是 (d) 和 (e) 的預設，句子 (i) 是 (g) 和 (h) 的預設。

4

a. 小華發現口袋裡有一千塊。

b. 小華沒有發現口袋裡有一千塊。

c. 小華口袋裡有一千塊。

d. 小明的姐姐明天結婚。

e. 小明的姐姐不是明天結婚。

f. 小明有個姐姐。

g. 小李喜歡的是小華。

h. 小李喜歡的不是小華。

i 小李喜歡某個人。

有些語言形式本身的意涵即帶有預設條件，稱為預

設觸發語（presupposition trigger）。預設觸發語可以是單一詞彙，也可以是某些特定結構，在上述例子中的「發現」、所有格結構及準分裂句「…的是…」就是觸發預設的詞彙或結構。

 ## 第七節　語意學 vs. 語用學

　　語意學和語用學（pragmatics）在學科上被分成兩個次領域，但其實可以被看作是一個大類學科中兩個不同的組成部分或兩個不同的面向。兩者皆涉及到人們有效且恰當地使用語言的語意及功能的能力。一般認為兩者差異在於語意學處理的是編譯在語言形式中的語意，比較關注在某些特定語境下，根據語言的結構解碼得到的意義；而語用學處理的是在人們根據特定情境中語意如何使用作出推論，比較關注語言的使用場合推導出的意義。理論上而言，兩者似乎存有顯著的差別，但真正落實到語言分析及應用時，卻發現對於兩者之間界線的劃定爭議不少。

　　「語意──語用」交界面是長期以來困擾語言學家和哲學家的一塊領域，它大部分源自於陳述與測試語意的標準上產生的分歧。一些語言學家，例如菲爾墨（C. Fillmore）、蘭奈克（R. Langacker）和雷可夫（G. Lakoff），認為沒有必要在語意學和語用學〔因此將兩者合而稱作語用意學（pragmantics）〕之間劃一道清晰的界線。有一些人（Frege, 1892; Quine, 1953; Davidson,

1984）則認爲應該將語用學降到語意學的下級，並且應該改名爲語意簡化學（semantic reductionism）；另外一些人（Edmonds, 1999; Huang, 2001; Recanati, 2004）則認爲語意學應該統統囊括在語用學之下，稱爲語用簡化學（pragmatic reductionism）。無論如何，兩個學科均關切語言使用的意義及功能，如果從兩者互補的角度出發，那麼我們仍可以視研究議題及語言分析的需求，妥善運用語意學和語用學的重要觀念及研究方法。

 練習題

1. 指稱語意爲單一詞彙所能夠指涉的所有可能對象；換句話說，其指涉的是任何擁有特殊語言表現的事物。然而，若我們將意義僅認爲是指稱語意會產生問題。請就下列例句畫線處，解釋並說明這樣的情形：

   (1) In the painting, a unicorn is ignoring a maiden.

   (2) My big cat ran into a small elephant yesterday.

   (3) Both the Pope and Tarzan are bachelors.

   (4) John saw a white zebra yesterday.

   (5) John has been very in love with Mary.

2. 言外之意指詞彙所引起的情感連繫，解釋並說明下列幾對詞彙言外之意的不同：

   politician, statement   cautious, timid

   lawyer, shyster   inquisitive, nosey

bargain, haggle   sensitive, touchy

警察，條子   高手、達人

3. 語意關係

 (1) 聚合關係

   聚合關係反映語意的縱向選擇，比方說英語動詞 bake 後接名詞常是 food 或 clay 一類。下列各個動詞後面能接的名詞皆有一定的限制，請填上一到兩個符合的物件。

  bounce _____ flash _____

  untangle_____ brew _____

  撞 _____   撒 _____

  撥 _____   灑 _____

 (2) 組合關係

   詞位的意義仰賴與之共同出現以及與之相對的物件，請觀察下列詞組，寫出與顏色 red 與形容詞 old 相對的搭配詞：

  a red apple_____

  red hair_____

  a red traffic light_____

  red wine_____

  old woman_____

  old friend_____

  old art_____

  old movies_____

4. 請寫出下列例句背後的預設：

(1) John didn't see the man with two heads.

(2) John realized that he was in debt.

(3) John stopped beating his wife.

(4) While Chomsky was revolutionizing linguistics, the rest of social science was asleep.

(5) It wasn't Henry that kissed Rose.

(6) The flying saucer came again.

(7) John didn't compete in the OLYMPICS.（大寫代表重音所在）

(8) Only John failed the exam.

(9) Even John failed the exam.

第三章 詞彙語意關係

第二章提到理解語意關係的兩個角度是聚合及組合關係，詞彙之間最重要的就是聚合關係，而詞彙的聚合關係也會帶來組合關係的不同。本章將進一步介紹詞彙與詞彙之間各種不同的關係。另外，詞彙關係也可從語意成分（semantic feature）的不同組合來理解，語意場學說（semantic field theory）也將在此章節一併介紹。又詞彙的意義與形式常有非一對一的現象，詞彙歧義及多義詞的情形很普遍，本章最後亦將介紹詞彙歧義及多義詞的關聯性所依靠的認知機制，概念隱喻及概念轉喻。

 ## 第一節　近義詞

　　詞彙可以就語意接近的程度而有同義或近義關係，意義完全相似的詞稱作絕對同義詞（absolute synonyms），有些相似的稱為近義詞（near synonyms）。觀察下列的例子，我們可以發現同義詞會讓句子的意涵也相同，如例(1)的兩個句子幾乎完全同義，無論是英語的 seaman/sailor 或華語的「海員／水手」在這個語境下就是指老李的身分。large/big 在(2)的兩個句子以及 left/departed 在(3)的兩個句子也是幾乎完全同義。以上3組詞彙可稱為絕對同義詞。句子中的同義詞以連接詞 and 相連，則可造成套套邏輯（tautology）如(4a)，反之用 but 連結，則會產生矛盾關係（contradiction）如(4b)。

a. 老李是名<u>海員</u>。（Lee is a <u>seaman</u>.）

b. 老李是名<u>水手</u>。（Lee is a <u>sailor</u>.）

a. 石頭很<u>大</u>。（The rock is <u>large</u>.）

b. 石頭很<u>大</u>。（The rock is <u>big</u>.）

a. 火車十二點<u>離開</u>。（The train <u>left</u> at 12:00.）

b. 火車十二點<u>離開</u>。（The train <u>departed</u> at 12:00.）

a. The rock is large and big.

b. *The train left at 12:00 but departed at 12:00.

　　但語言中兩個意義完全相同的詞彙畢竟非常少，語意接近的詞彙在使用上會有些許差異，只能稱得上是近義詞。有些近義詞是在不同的方言使用，比方說 postman/mailman、elevator/lift、fall/autumn，前者是美式英語，後者是英式英語的表現；華語的「速食店」與北京普通話的「快餐店」也是方言差異之近義詞。有些近義詞的言外之意不同，就含有「苗條、瘦」語意的詞彙來說，skinny 有貶意，而 slender 則是稱讚，但 thin 為中性詞。其他

類似的英語例子如：cheap/inexpensive、frugal/ stingy、fat/plump。「鼓勵」是正面說法，而「教唆」是負面說法。此外語詞也有「雅俗」之分，如「吃飯」較俗、「進食」、「用飯」、「用餐」較雅。有些則是依語用價值的差異而有所不同，比方說臺灣閩南語「食 tsiah8」是中性詞，「用 ing7」較雅，「孝孤 hau3koo1」最難聽，「拂 hut1」、「推 thui1」，都是「卑體詞」。這些風格變體也表現了不同的詞色，謂之「社會詞義」，所謂褒義或貶義、敬體或常體的意義分別即屬於這一類。社會詞義也會影響我們在什麼樣的場合選擇使用什麼樣的詞彙，例如英語的 kick the bucket 與 die 及 pass away 語意幾乎相同，但因為帶了不同的社會風格，適合使用的場合就有所不同。例子（5a）顯得有些戲謔，（5b）語氣中性，（5c）則是較尊敬的委婉說法。

5 a. His grandfather <u>kicked the bucket</u> yesterday.

   b. His grandfather <u>died</u> yesterday.

   c. His grandfather <u>passed away</u> yesterday.

　　詞彙共現搭配範圍（collocational range）就是指詞彙是否能在某些語境與其他詞彙一起搭配使用，其共現搭配有一定要求及限制，有些近義詞如 hard 與 difficult 有不同的共現要求，「困難的科目」可以說成 hard/difficult subject，「困難的演算」是hard/difficult calculus；但是「床很硬」是 hard bed 就不能說成 difficult bed。「壞的奶油」及「壞的蛋」前者要用 rancid butter 而後者是 addled eggs。同樣的，前面的石頭很大可以是 large rock 或 big rock，但比照下面的句子（6b），雖然語法上完全正確也好像可以懂，但是卻不符合共現搭配要求，因為「很大的錯誤」通常只能使用 big。

6
a. He is making a big mistake.

b. ??He is making a large mistake.

搭配限制的類型還有另外三種：grill/toast 屬於系統性搭配限制（systematic collocational restriction），grill 指的是烹調的方法而 toast 不是；toast 指食材已經煮過，而 grill 用的食材為生食。customer/client 屬於半系統性搭配限制（semi-systematic collocational restriction），「消費者」（customer）通常是以取得的材料，交換金錢的對象，而「客戶」（client）則是專業或技術服務的對象。因此，麵包師傅、屠夫、鞋店或者報社有消費者，建築師、律師或廣告商則需要客戶。Referee/umpire則是獨特共現搭配限制（idiosyncratic collocational restriction），兩者均指裁判，前者是必須跟著球員移動的，像是足球或籃球裁判；而後者是不需跟著球員移動的，像是排球或桌球

裁判。

第二節　下義關係 ●-------------------------------

　　詞意結構最基本的類型為上義關係（superordinate
relationship）與下義關係（subordinate relationship），比
方說花卉包含鬱金香與玫瑰、哺乳類包含狗與大象。因
此，玫瑰為花卉的下義詞（hyponym），而牧羊犬則為狗
的下義詞。狗與花卉相對於牧羊犬與玫瑰，屬於上層關係
稱為上義詞（hypernym）。吉娃娃、大麥町與愛爾蘭雪
達犬也屬於狗的下義詞，它們與牧羊犬可稱作並列下義詞
（co-hyponym）。語言裡的詞彙可以用上下義關係組成
階層關係，每個詞彙均可能是其他詞彙的下義詞，而每個
級別也都會有若干個下義詞。階層關係帶來兩個結果：一
為包含關係（inclusion），一為意涵關係（entailment）。

一、包含關係

　　下義詞的本意包含上義詞的意義，比方說所有種類的
玫瑰包含在所有的花卉的群體中；同時，上義詞的本意包
含在下義詞的語意內涵裡，如同花卉所具有的語意特徵，
均包含在玫瑰具有的語意特徵裡，但反之則不成立。

二、意涵關係

　　有下義詞出現的句子比起上義詞詞彙出現的句子傳遞更多訊息，也就是說，下義詞出現的句子意涵了上義詞出現的句子。所以下面（7a）的句子意涵（7b）的真實性，（8a）的句子意涵（8b）的真實性。但請注意否定形式會造成意涵關係的改變。因此（7b'）的句子意涵（7a'）的真實性，（8b'）的句子意涵（8a'）的真實性。如果（7a）及（7b）兩個句子以「和、與、跟」（and）、「A，也是B」等表現連接，我們可以得到套套邏輯如（9a）所示；若兩個句子以「但」（but）連接，則能得到如（9b）所示的矛盾關係。

7　a. 羅浮是隻牧羊犬。　　a'. 羅浮不是隻牧羊犬。
　　b. 羅浮是隻狗。　　　　b'. 羅浮不是隻狗。

8　a. 花瓶裡有玫瑰。　　　a'. 花瓶裡沒有玫瑰。
　　b. 花瓶裡有花。　　　　b'. 花瓶裡沒有花。

9　a. 羅浮是隻牧羊犬，也是條狗。
　　b. *羅浮是隻牧羊犬，但不是狗。

上下義詞的階層關係顯示一個詞彙或許是許多下義詞的上層詞彙，同時也可以是更上層詞彙的其中一個下義詞。上下義詞的關係是聚合關係，但同時也會影響橫向組合關係的結果。觀察以下與上下義詞相關的句型，（10a）及（10b）顯示「X 與其他 Y」這個結構要求下義詞在前項、上義詞在後項。（10c）「X 是我最愛的 Y」則是典型的 X 為下義詞而 Y 為上義詞的句型。

10　a. 蘋果與其他水果。

　　b. ?水果與其他蘋果。

　　c. 蘋果是我最愛的水果。

　　下義詞的概念在日常語言裡可以以「X 是一種 Y」的形式表達。有趣的是，並非所有符合邏輯定義的下義詞詞彙均能套入這個句型，在某些詞彙組合搭配此種形式能讓人接受如（11a），但某些則較不能接受如（11b）及（11c）。

11　a. 馬是一種動物。

　　b. ?小貓是一種貓。

　　c. ?皇后是一種女性。

下義詞也具有邏輯上的遞移關係（transitive relation）：數學中，若 A 大於 B，且 B 大於 C，則 A 必大於 C，此為不等式的遞移性。同樣地，如果 A 為 B 的下義詞，B 為 C 的下義詞，那麼 A 必為 C 的下義詞。如下列例子所示，（12）的遞移性可以成立。然而，遞移性在有些例子似乎不能成立，如（13）。而遞移性無法產生效用之因在於，「量杯」其實並非典型的喝水容器。（14a）中「咸豐草」與「藥材」的關係也同理無法遞移到（14b）及（14c），故（14c）不成立。

12　a. 拉不拉多是一種狗。

　　b. 狗是一種動物。

　　c. 拉不拉多是一種動物。

13　a. 量杯是一種容器。

　　b. 容器可以拿來喝水。

　　c. *量杯是一種喝水的容器。

14　a. 咸豐草是一種藥材。

　　b. 藥材是一種食物。

　　c. *咸豐草是一種食物。

　　詞彙上下義關係似乎呈現有系統的階層關係，但並非所有的概念均會詞彙化爲一個詞彙，因此下義詞與上義詞之間的關係並不穩定，有時會有並列下義詞卻沒有上義詞的情況。觀察圖 3-1，在路上的移動，英語可以有 run/walk/crawl 等下義詞，但卻沒有上義詞來涵蓋這些詞彙，而出現詞彙空缺（lexical gap）的情況。不同文化亦會顯現語言能否將概念詞彙化（lexicalize）成單一詞彙。下圖 (a) 及 (b) 顯示，在西方飲食文化中，英語的 cutlery 與葡萄牙語的 talher 均能夠用來涵蓋刀、叉、湯匙等餐具。在華人社會文化，「生肖」此一詞彙係涵蓋十二種動物的上義詞，日常生活對話亦會詢問他人：「你是哪個生肖的？」。然西方文化中卻沒有對應的詞彙表示這樣的概念，而會以 Chinese zodiac 表示。

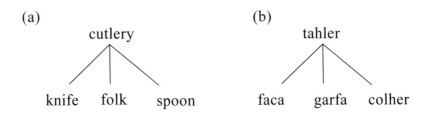

圖 3-1　詞彙空缺情形（圖 b, c 引自：Kreidler, 2014, pp. 64-65）

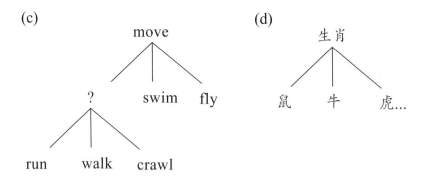

圖 3-1　詞彙空缺情形（續）（圖 b, c 引自：Kreidler, 2014, pp. 64-65）

 ## 第四節　詞彙卡位效應

　　上下義詞彙還會造成詞彙卡位效應（lexical blocking effect）。語言運作的基本原則是當可以用明確的字詞表達時，就不該使用太過普遍、模糊的字眼。當使用了語意明確清楚的詞彙，就會排除其他具有較普遍意義詞彙的使用，這種情況稱為「詞彙卡位效應」。比方說，當你說了 lamb 就代表說的是一種 sheep，因為羔（羊）是一種羊。華語的「犢」指的是幼牛，是比「牛」更具明確語義的詞彙，使用時也會有同樣的效果。當明確知道鵝是公的而使用詞彙 gander 時，自然就排除 goose 這種意指公母未知或公母皆可定義模糊的詞彙。當想表達的是拇指（thumb），手指（finger）這種可以指涉十根手指頭的任

何一根的詞彙便不會使用。而有時候，除了特殊原因，一個詞彙通常也會排除描述性詞語，比方說能以「明天」表達，就不會說「今天的下一天」；能用「公牛」就不會再描述成「性別爲公的牛」。

第五節　反義詞

反義詞（antonyms）爲具有相反意義的詞彙，以下介紹二元反義詞、級差反義詞、關係反義詞、不對稱反義詞及反義詞群五種。

一、二元反義詞（binary antonyms）

二元反義詞亦被稱作互補反義詞（complementary antonyms），反義詞所反映的對立屬於非此即彼的性質。如「正──反」，「眞──假」，「動──靜」，「男──女」，「出席──缺席」、on/off、dead/alive、fail/pass 即是這樣的例子。這樣的互補詞彙並沒有隨著質的多寡而變化，它們將某些概念領域一分爲二互相排斥，否定一方即代表另一方，造成互補的情況產生。互補反義詞無法被程度副詞修飾或出現在比較級的結構，也不能出現在將兩個詞彙均否定的句型。觀察下列例子：

15 a. *more <u>off</u> than the smartphone

b. ?The flower is neither <u>dead</u> nor <u>alive</u>.

c. *非常<u>正</u>／*非常<u>反</u>

d. ?老張既沒有<u>出席</u>也沒有<u>缺席</u>。

二、級差反義詞（gradable antonyms）

級差反義詞是非二元反義詞，所反映的對立中間留下空白，可以插進別的成員，又稱為極化反義詞（polar antonyms）。舉例來說，wide/narrow、old/young 分別為量級的兩端，而中間還有許多詞彙，否定一方並不代表就是另一方。非二元反義詞能以程度副詞修飾或在比較級結構裡被比較。既然它們能夠分級，自然兩級的中端還有許多詞彙，如下面例子所示：

16 a. very young, quite wide, extremely narrow

b. wider than that bridge

c. hot/warm/cool/cold

測量修飾語（modifiers of measurement）均屬這類的非二元反義詞，因為修飾語（含形容詞）修飾的名詞不同會有不同的反義詞彙，觀察下面的例子對照，英語跟華語

有不同的詞彙化情形：

long （長）	short （短）	tall （高）	short （矮）
high （高）	low （低）	wide （寬）	narrow （窄）
old （老）	young （年輕）	deep （深）	shallow （淺）
old （舊）	new （新）	thick （厚）	thin （薄）

因此，short pencil/long pencil 是指「短鉛筆／長鉛筆」，而 short guy/tall guy 是指「矮子／高個兒」，old newspaper/new newspaper 是「舊報紙／新報紙」。然我們沒有辦法明確定義何謂長短、高矮、新舊，此類反義詞皆是相對的概念。而有些反義詞與名詞結合會發生具有歧異性的反義詞組，產生不同的詮釋，如 old friend「老朋友」，反義詞組可以是 young friend「年輕朋友」或 new friend「新朋友」。

三、關係反義詞（relational opposites）

關係反義詞為反義詞的一種，任何具有相反關係的詞語 X 與 Y，如果 a 為 b 的 X，則 b 為 a 的 Y。常見的關係反義詞詞組包含親屬關係如 husband-of/wife-of、社會角色如 employer-of/employee-of、方位詞如 above/below、in front of/behind、left-of/right-of、before/after、north-of/south-of、outside/inside，下列例句能夠說明此現象，注意而這些有關係反義詞詞組的句子換個方式照樣說得通。

17　a. 地圖在黑板上方。

　　　（The map is above the blackboard.）

　　b. 黑板在地圖下方。

　　　（The blackboard is below the map.）

　　c. 珍是吉姆的太太。

　　　（Jane is Jim's wife.）

　　d. 吉姆是珍的丈夫。

　　　（Jim is Jane's husband.）

　　e. 伯特早琴一步離開派對。

　　　（Bert left the party before Jean.）

　　f. 琴晚伯特一步離開派對。

　　　（Jean left the party after Bert.）

　　另有些帶有三個論元的句子也可以說明關係反義詞，比方說例句（g）與（h）所示的 lend-to/borrow-from。而例子（i）與（j）則說明即使 heavy/light 為級差反義詞，這兩個詞彙的比較級形式卻是關係反義詞。同樣地，例句（k）與（l）中的 more expensive/less expensive 亦為關係反義詞。然此相反關係會遇到的實際限制為當句子需要兩個論元時，論元的大小及重要性必須大致相同。（關於論元（argument）請參照第七章。）因此，即便例句（m）看起來很自然，例句（n）的說法並不是常態。原因是「報攤」跟「郵局」是前景（figure）與後景（ground）

的關係，通常前景根據後景出現，所以反過來會顯得不自然。

g. 爸爸<u>借</u>我一些錢。

（Dad <u>lent</u> me a little money.）

h. 我從爸爸那裏<u>借</u>了些錢。

（I <u>borrowed</u> a little money <u>from</u> Dad.）

i. 字典比小說還<u>重</u>。

（The dictionary is <u>heavier</u> than the novel.）

j. 小說比字典還<u>輕</u>。

（The novel is <u>lighter</u> than the dictionary.）

k. 字典比小說<u>貴</u>。

（The dictionary is <u>more expensive</u> than the novel.）

l. 小說<u>不</u>比字典<u>貴</u>。

（The novel is <u>less expensive</u> than the dictionary.）

m.報攤<u>在</u>郵局<u>前面</u>。

（A newspaper stand is <u>in front of</u> the post office.）

n. ?郵局在報攤<u>後面</u>。

（?The post office is <u>behind</u> a newspaper stand.）

四、不對稱反義詞（asymmetrical antonyms）

有些反義詞介於級差反義詞與二元反義詞之間，一邊定義了限制，像是 shut，而另一邊則開放無限制，像是 open。不對稱反義詞的兩端詞彙有不同的修飾語要

求，程度修飾語（degree modifier）如 half、more…than、relatively、not…at all、slightly、rather、a little bit 可以應用在開放端，但無法放在封閉端。限制修飾語（modifiers of limits）如 almost、absolutely 則可應用在封閉端。

18 a. 這扇門比那扇門開的大一些。

（The door is <u>more open than</u> that one.）

b. *這扇門比那扇門來得關。

（*The door is <u>more shut than</u> that one.）

c. *這扇門幾乎是開的。

（*The door is <u>almost open</u>.）

d. 這扇門幾乎要關上了。

（The door is <u>almost shut</u>.）

五、反義詞群（antonymous groups）

有些反義詞可包含二元以上的詞彙，這些詞彙形成互相排他的集合，如顏色詞，只要選擇其一，其他集合裡的字彙即被排除在外。如果某物是紅色的，那麼該物絕對不可能是綠色、藍色、黃色，或其他顏色。有些形容詞集合會將量尺分成兩塊以上的區域，比方說 huge-big-small-tiny 或 aged-old-adult-adolescent-young 這些詞彙。表達方位的名詞也形成反義詞群，比方說「東──西──南──

北」。

　由於世界上不同文化圈有不同的分類方式，造成語言可以有不同的反義詞群，拿顏色詞來說，「紅──綠」、「藍──黃」好像是對比顏色詞，但在藝術或物理的角度，綠色為藍色與黃色調和而成。顏色詞所形成的反義群與文化有極大的關係，例如菲律賓的含努鬧語僅有四種基礎顏色詞黑、白、紅、綠系統，英語則有十一種：白、黑、紅、綠、黃、藍、棕、紫、粉紅、橙、灰。

 第六節　標記性 ●------------------------------

　測量修飾語的兩端形成對立，然兩端的極化詞彙在語言使用上有標記性現象（markedness），兩個對立詞彙中通常正面詞彙為無標（unmarked），反面詞彙為有標（marked）。無標記成員在不特別標示的情況下也可認作涵蓋反義方的總體。標記性現象反映著我們如何認識世界，我們似乎傾向將正面事物視作正常，故不特別標記，而負面事物則特別加以標記。下列例子顯示，通常詢問人或物件「有多大」、「有多高／長／寬」時，無論得到的答案是什麼，均選用無標記成員；在名詞的使用上也是一樣，華語英語均說長度（length）、高度（height）、寬度（width）。如果選用有標記成員，即暗示說話者有預設，如（19c），即表示說話者已知聽話者的弟弟年紀很

小，想知道究竟有多小；（19d）則表示說話者已知聽話者的姐姐個子很矮而想知道究竟有多矮；（19g）及（19h）用有標記成員時，也表示說話者的先備預設已知火車及街道有別於一般認知的長度，而想知道究竟有多短。

19 a. 你弟弟多<u>大</u>？我弟弟只有六個月<u>大</u>。

（How <u>old</u> is your brother? My brother is only six months <u>old</u>.）

b. 你姐姐多<u>高</u>？（How <u>tall</u> is your sister?）

c. 你弟弟多<u>小</u>？（How <u>young</u> is your brother?）

d. 你姐姐多<u>矮</u>？（How <u>short</u> is your sister?）

e. 富士山有3776公尺<u>高</u>。

（Mount Fuji is 3776 meters <u>high</u>.）

*…3776公尺<u>低</u>

*…3776 meters <u>low</u>.

f. 火車只有十公尺<u>長</u>。

（That train was only 10 meters <u>long</u>.

*…十公尺<u>短</u>

*…10 meters <u>short</u>.）

g. 火車有多<u>長</u>？／！火車有多<u>短</u>？

（What is the <u>length</u> / !<u>shortness</u> of the train?）

h. 你附近的街道有多<u>寬</u>？／！你附近的街道有多<u>短</u>？

What is the <u>width</u> / !<u>narrowness</u> of your street?

標記性除了測量修飾語，有公母區分的詞彙也會出現，英語對於動物的公母以不同的詞彙表示，通常當辨認公母不重要時，會使用無標記的詞彙，比方說鴨子 duck 其實包含母鴨（duck）與公鴨（drake），（我們亦可稱公鴨爲有標記的詞彙）。同樣地，goose/gander、dog/bitch 也是如此。

 第七節　語意場學說

詞彙語意也可從更深層的語意成分組合來觀察，語意場學說（semantic field theory）即是試圖將詞彙關係依照共有或不同的特徵分門別類，這種將詞彙進一步解構（decompose）的分析法又稱爲語意成分分析（componential analysis, CA）。有些詞彙運用語意成分分析能夠形成非常典型的對立關係，例如我們能夠藉〔男性／女性〕、〔成人／兒童〕，這些語意特徵來將「男人」、「女人」、「男孩」及「女孩」看成一個關係密切之詞彙群體：「男人」是〔成人男性〕，「男孩」是〔兒童男性〕。而上述四個詞彙也可形成某種邏輯關係，「男人之於女人就好比男孩之於女孩」或者「男孩之於男人就好比女孩之於女人」。

語意成分通常以二元特徵來表示，比方說〔+男性〕、〔-男性〕或〔+女性〕、〔-女性〕。借助語意成

分分析對瞭解親屬關係詞彙極為有效，親屬關係在人類語言中具普遍性，許多親屬系統存在四種最基本的特徵：〔父母 parent〕、〔子嗣 offspring〕、〔手足 sibling〕、〔伴侶 spouse〕，加上〔男性 male〕、〔女性 female〕就可區分不同親屬關係詞彙，以下參照Kreidler（2014, pp. 60-62）討論幾種語言的親屬系統，可發現語意成分分析之運作及優點：

（一）英語：英語在使用詞彙表達父母的手足與子嗣的手足時有廣泛的應用。

20　father [male parent] / mother [female parent]

brother [male sibling] / sister [female sibling]

son [male offspring] / daughter [female offspring]

husband [male spouse] / wife [female spouse]

grandfather [parent's male parent] /

grandmother [parent's female parent]

grandson [offspring's male offspring] /

granddaughter [offspring's female offspring]

uncle [parent's M sibling; parent's sibling's M spouse]

aunt [parent's F sibling; parent's sibling's F spouse]

uncle/aunt [parent's sibling ('s spouse)]

nephew/niece [spouse's sibling's offspring]

nephew [sibling's male offspring; spouse's sibling's male

offspring]

niece [sibling's female offspring; spouse's sibling's female offspring]

mother-in-law/father-in-law [spouse's female /male parent]

daughter-in-law/son-in-law [offspring's female/male spouse]

sister-in-law [spouse's female sibling; sibling's female spouse]

brother-in-law [spouse's male sibling; sibling's male spouse]

（二）皮欽語（Tok Pisin）：不像英語那般只用男性與女性標記提到的人物，皮欽語有跨性別的親屬系統。在這個語言，borata 指的是同性別的手足、sesta 則用來指稱相對性別。皮欽語中，〔相同性別〕與〔相對性別〕代替了男性與女性這樣的特徵，因此皮欽語用來指稱手足關係的詞彙系統如下所示。

例 21 男性說話者〔男性手足〕　　　〔女性手足〕
　　　　　　borata　　　　　　　　sesta
　　　女性說話者〔男性手足〕　　　〔女性手足〕
　　　　　　sesta　　　　　　　　　borata

（三）東亞地區的某些語言會區分手足的長幼順序，比方說，華語的「兄」為年長的男性手足，而「弟」為年輕的男性手足之意。「姐妹」亦為這樣的關係。

（四）瑞典語將祖父母依爸爸或媽媽兩邊分為：farfar（爸爸的爸爸）、farmor（爸爸的媽媽）、morfar（媽媽的爸爸）、mormor（媽媽的媽媽）。

（五）日語根據講述自己或他人的親屬而使用不同詞彙來描述每段關係，一個用來指稱自己的親人、另一個則用在指稱其他人的親戚。

	與說話者有關	與他人有關
妻子	tsuma/kanai	oku-san
丈夫	shujin	go-shujin
母親	haha	o-kā-san
父親	chichi	o-tō-san
姐姐	ane	o-nē-san
哥哥	ani	o-nī-san
妹妹	imōto	imōto-san
弟弟	otōto	otōto-san

第八節　詞彙歧義

　　詞彙是形式和意義的結合。形式非常容易確定，但是意義較難界定。詞彙歧義（lexical ambiguity）的來源即在形式與意義非一對一的情況出現，有同音／同形異義（homonymy）、一詞多義（polysemy）的情形，而一詞多義又會因轉喻或隱喻的延伸而產生。例如英語句子 I was on my way to the bank，聽話的人可能不知道說話者是要去銀行還是河岸。這種詞彙歧義是因為同音（同形）異義詞 bank 出現在句子的同一個位置所導致。一般來說，接下去的論述通常能消除歧義。一段具有字面義和比喻義的較長的語言形式也會導致歧義，例如英語句子 There's a skeleton in our closet，字面意思「我們的櫃子裡面有骷髏」，引申意思是「家醜不可外揚」。另外一個例子是 The cat is out of the bag 字面意思是「貓跑出袋子外了」，引申意思是「祕密洩露出去了」。在同音／同形異義詞中，例如英語的 bank 意指「一個金融機構」或「河流的沿岸」，兩者發音和拼寫一樣，但是意義毫不相關。另外的例子，例如 steak（牛排）和 stake（棍子）發音一致，是同音異義（homophone），但其拼寫不同。相對的在同形異義（homograph）字中，兩個詞發音不同但是拼寫一致，例如，當 bow 和 go 押韻時，指的是射箭的器具；而 bow 和 cow 押韻時，指的是躬身，表達一種禮貌

性的問候。華語的例子也十分常見，「重」可唸「ㄔㄨㄥˊ」或「ㄓㄨㄥˋ」、「乾」可唸「ㄍㄢ」或「ㄑㄧㄢˊ」，這類屬於字型一樣而發音不同的例子，「福」、「符」是屬於發音相同而字型不同的例子。

 第九節　多義詞

　　當詞彙的形式對應到一個以上的意義時就形成一詞多義（polysemy），多義詞具有和同一詞形關聯的數條相關語意。例如名詞「頭」在下列使用具有相關的意義。如果我們以人的身體部位「一個人的頭」作為基礎，那麼其他意義可以被視作由身體部位基本概念引申而來：「床頭」是人睡覺時頭放的地方；一個公司的老闆是「頂頭上司」；「一顆高麗菜」的分類詞「顆」是用來分類與頭形狀類似的名詞。這些例子均反映人體頭部的一般形狀或者抽象反映頭部和身體其他部位的關聯。對於多義詞，詞典編撰者在詞典中僅僅羅列一條多義詞條目，對於同音（同形）異義詞，他們會羅列兩條或以上獨立的詞目，以此來區分一詞多義和同音（同形）異義。因此，head 是一個詞目，而 bank 有兩條詞目，但是仍然有更複雜的情況。例如，pupil 具有兩個不同的義項，意指「瞳孔」和「小學生」。追溯起來它們應該有共同的詞源但是現在它們語意上互不相關。同樣，flower 和 flour 一開始是同一個詞，poach（水煮）和 poach（偷獵）也發端於同一個詞，

但是它們現在的語意大相逕庭，所有的詞典都把它們分開列並且當做同音（同形）異義詞。

　　有些多義詞類型出現得非常頻繁，以致於它們被認爲是母語話者語法知識的一部分。下面例子顯示，有些名詞的單一形式有不同的意義，而這些意義間呈現某種關聯。

23　動物／肉類

a. 那隻雞正在院子裡奔跑。

b. 小華晚餐吃了雞。

物體／構成物體的材料

a. 桌子上有一個蘋果。

b. 沙拉裡面有蘋果。

材料／種類

a. 桌上有啤酒。

b. 這家店供應三種啤酒。

材料／部分

a. 這家餐館提供牛肉之類的餐點。

b. 我們點了三份牛肉。

植物／食物轉化

a. 小華給院子裡的蕃茄澆水。

b. 小華吃了蕃茄。

容器／容質轉化

a. 小華打破了那個瓶子。

b. 豆豆喝完了一整瓶（的水）。

主體／背景逆轉

a. 窗戶正在鏽蝕。

b. 小華爬過窗戶。

產品／生產者轉化

a. 小華把咖啡潑到了雜誌上。

b. 這家雜誌解僱了它的主編。

過程／結果轉化

a. 這家公司與那家公司將在明年春天合併。

b. 兩家公司合併生產了更多面板。

機構／建築

a. 這所大學改變了它的招生政策。

b. 這所大學離火車站很近。

c. 這所大學在日據時代就建立了。

處所／人

a. 小華即將前往紐約。

b. 紐約把市長踢出辦公室。

　　多義詞的語意關聯性（semantic relatedness）指的是，很多多義詞義項很明顯運用一些語意機制互相關聯。兩種非常常見的來源就是隱喻（metaphor）與轉喻（metonymy）。前者以相似性為特徵，後者以關聯性為基礎。下列的英語例子能加以說明。Position 在（24a）～（24f）例子中分別有「位置」、「職位」、「立場」、「境地」及「定位」等語意，靠隱喻將這些語意的相似性

串連起來。而轉喻則靠關聯性串連，要養活一個人要將嘴巴塡滿食物如（25a），女生穿的裙子能展現她的美麗如（25b），人的富有與否可由銀行帳戶存款多寡來判斷如（25c），而要爲民喉舌需要講話大聲如（25d）。

24 隱喻關聯（Metaphorically related）：

a. That is a comfortable <u>position</u> to sleep in.

b. This is a good <u>position</u> to see the performance.

c. John has an excellent <u>position</u> in FBI.

d. What is your <u>position</u> on same-sex marriage in Taiwan?

e. You've put him in an awkward <u>position</u>.

f. You must <u>position</u> yourself so she can see you.

25 轉喻關聯（Metonymically related）：

a. There are too many <u>mouths</u> to feed.

Don't talk with your mouths full.

b. That's a nice bit of <u>skirt</u> (a nice young lady).

She wore a red skirt.

c. Jane married a large <u>bank account</u>.

Jane has a bank account.

d. He is the <u>voice</u> of the people.

He has a loud voice.

第十節　概念隱喻及概念轉喻

一、概念隱喻

　　概念隱喻（conceptual metaphor）：隱喻是語言中的一種普遍過程，被定義爲藉助另一個概念域（來源域，source domain）來理解一個概念域（目標域，target domain）。爲了釐清我們到底如何使用類似戰爭、旅程、食物等比較具體的來源域來談論比較抽象的目標域，讓我們先觀察一些來自於雷克夫與強森（1980）所著，周世箴（2006）所譯注的《我們賴以生存的譬喻 Metaphor We Live By》中的經典例子：

 爭辯是戰爭

你的主張守不住。

他攻擊我論辯中的每一弱點。

他的評論正中要害。

我推翻了他的論證。

我從未辯贏過他。

你不同意？好吧，開戰吧！

你用此策略，他就會使你全軍覆沒。

他擊倒了我所有的證據。

27 戀愛是旅程

看看我們一路走來這麼遠了。

我們正處於十字路口。

我們得分道揚鑣。

我們不能走回頭路。

我不認為這段關係有出路。

我們在哪裡了？

我們動彈不得。

這是一條崎嶇不平的長路。

這關係是條死胡同。

我們的婚姻觸礁了。

28 觀念是食物

這整篇論文只有生的事實、半生不熟的觀念以及回鍋加熱的理論。

這麼多事實我無法全部消化。

那個說法叫我嚥不下去。

那是思想的食糧。

她狼吞虎嚥地吃下了那本書。

例 29 理論與論辯是建築物

那就是你理論的<u>基礎</u>嗎？

這個理論需要更多證據<u>支持</u>。

我們得為此<u>建構</u>一個強而有力的論點。

我們需要牢靠實在的論證<u>支撐</u>這個理論。

這個理論全仗論證之力<u>立穩</u>或<u>倒下</u>。

我們要指出那個理論毫無<u>基礎</u>。

概念 A 需要依靠概念 B 來理解，這到底意味著什麼呢？從 B 的成分和 A 的成分存在的意義上來說，來源域和目標域之間存在一系列的對應關係。這些概念對應一般被稱為映射（mapping）。讓我們以「愛是旅程」為例：

例 30 來源域：旅程　　　　　　目標域：愛

旅客　　　　　　　→　戀人

交通工具　　　　　→　戀愛關係本身

旅途　　　　　　　→　戀愛中的事件

走過的距離　　　　→　戀愛的進程

遇到的障礙　　　　→　經歷的困難

決定選哪條路　　　→　選擇怎麼做

旅程的目的地　　　→　戀愛關係的目標

許多情感，特別是負面情感如悲傷或憤怒，經常運用概念隱喻的方式來表達，我們使用類似於「壓制怒火（wrestle with one's anger）」或「與良心搏鬥（struggle with one's conscience）」這類的隱喻表達。可能因為我們沒有直接的方式來理解我們的情感，甚至找不到合適的表現來形容如此強烈的情感，隱喻運用了我們的身體或肢體經驗為來源，提供我們理解情感這種抽象概念的方式。

　　另外一類非常普遍和多產的隱喻類型是「方位隱喻」。這類隱喻把方位關係如「上──下」或「前──後」作為來源域，這些基本的空間架構稱為意象圖式（image schema）。意象圖式從我們的身體和空間經驗發展而來，讓我們很容易產生意義，例如，萬有引力使事物如雨落下來，熱則使事物如煙上升。因此「上──下」意象圖式使我們在探索周圍世界的過程中，理解物體並且發展出連繫基模。「前──後」基模則是因為我們用身體的前面與世界互動的事實而產生。容器基模則基於空間可以用來填塞其他物體或物質，具有分離內部和外部邊界的特色，也同樣源自於我們的空間經驗。位移基模則來自我們關於經過眼前的移動事物的感知和我們自己的移動經驗。所有這些棲於身的意象圖式（embodied image schema）為概念隱喻提供了豐富的來源域讓我們理解抽象的概念，請參考下面的例子：

概念隱喻	隱喻表達
a. 更多是上升	油價又上漲了。
b. 狀態是容器	他陷入迷惘中。
c. 變化是動作	電話被切斷了。
d. 起因是力量	北京奧運把中文熱推向高峰。

二、概念轉喻

　　概念轉喻（conceptual metonymy）在認知行為中也非常重要，轉喻的定義是在同一概念域或理想認知模型內，一個概念實體——媒介物（vehicle），為另一個概念實體——目標（target），提供心理途徑的認知過程。這裡有一些例子：

生產者指代產品（作者指代作品）

a. 我正在讀金庸（的作品）。

b. 她喜歡張大千（的畫）。

處所指代事件

c. 日本不想要另一個福島。

d. 張藥房喚起臺灣人民對土地正義的重視。

e. 天安門的真相到底是如何？

處所指代機構

f. 高雄跟臺南正在對抗登革熱。

g. 總統府無可奉告。

h. 好萊塢出產動作片。

容器指代內容物

i. 水壺正在滾。

物品指代使用者

j. 我們三壘上需要一個更好的三壘手（套）。

機構代表人物

k. 我們學校贏得了比賽。

　　轉喻主要是在概念上凸顯實體的顯著特性，這些概念滑轉（conceptual shift）作為顯著參考點，藉由凸顯特性的過程使我們能夠接入另一個目標概念實體。在處理句子「我正在讀金庸」時，我們心理上會透過一個顯著的整體（金庸）進入一個部分（金庸的武俠小說）。而在「我們三壘上需要一個更好的三壘手」則是透過一個顯著的部分充當參考點（手套）進入一個整體（三壘手球員）。「我們學校贏得了比賽」中的「我們學校」指的是我們學校的一支隊伍。由於學校是一個永久存在的機構，在這裡學校是一個概念性顯著的整體參考點，透過贏得比賽這件事，來代表贏得比賽的隊伍。無論是部分指代整體還是整體指代部分的轉喻本質上都是概念性的，都具有非常廣泛的應用。例如「爸爸打電話到醫院」，「我們晚上吃

seven」，轉喻概念使得語言使用更具經濟性。

　　總之，詞義的延伸不僅僅是語言也是認知的表現。透過轉喻性延伸，在同一個框架或域內操作；透過隱喻性延伸，在兩個不同域內操作。因此，轉喻涉及鄰近關係，而隱喻涉及相似關係。

 練習題

1. 針對下列詞組中的形容詞舉出另外一個與之相對的反義詞：

a light package

a light color

a tall building

low prices

low heels

a hard problem

a hard chair

a soft voice

a narrow road

a narrow mind

a thick board

thick soup

a <u>sweet</u> apple

<u>sweet</u> tea

a <u>strong</u> body

<u>strong</u> feelings

2. 觀察下列含有「洗」字的句子其不同的語意表現，並嘗試歸納動詞「洗」不同的語意如何連結。

(1) 那不是我的店，我只是去<u>洗</u>杯子而已。

(2) 後來癌細胞移轉，開始需要<u>洗</u>腎，行動不再自由。

(3) 媽媽只是說不能吃冰，沒有說不可以<u>洗</u>冷水澡。

(4) 現今便利商店多半提供<u>洗</u>相片的服務。

(5) 韓國女子團體 TWICE 的新單曲非常<u>洗</u>腦。

3. 請閱讀以下的笑話，並說明詞彙歧異的現象是如何產生。

女兒看到父親又在陽臺喝酒，走過去小聲叮囑說：「小心肝！」，父親心裡樂不可支且微笑著對女兒說：「小寶貝」。

4. 語意相近的兩個詞彙稱作近義詞，但其中卻有細微的語意區別，如前面我們提到的 skinny 與 slender。若要區辨一組近義詞的差異，可以透過不同的語法功能如及物、不及物等實際測試。下列表格以「保持／維持」為例，採用了不同的語法功能測試。結果指出兩者之間的差別在於「保持」不能表持續不斷的動作，

但「維持」卻可以是。請你舉出另外兩組近義詞，分別搜尋中研院平衡語料庫（http://asbc.iis.sinica.edu.tw/）加以佐證，最後說明語意差異。

語法功能	保持 vs.維持
及物與不及物	不及物 紀錄保持 生命維持 及物 保持最佳狀態 維持家庭生活
定語	*保持的和平 維持的和平
狀語	西方仍維持獵殺北美黑熊 你可以選擇保持緘默
名物化	水土的保持 所得的維持
動作有界測試（了）	保持了兩年的高速成長 維持了該建築所在街區的風貌
動作持續	*一直保持她現有的地位 一直維持她現有的地位
否定（不、沒有）	雙方僵持的和平場面沒有維持多久 沒有保持沉默 不保持距離 不維持現狀

073

chapter 4

第四章 ▶ 事物概念的體現 —— 指涉

第一節　概　論

　　言談溝通成功與否在於說話者與聽話者對於多樣的事物實例有共識，說話者必須利用正在進行的談話或透過與聽話者共有的背景知識，設法將心中所認知的，以語言體現外在事物，讓聽話者可以容易連結到在眞實世界裡的指涉對象。當我們提到某些人或事物時，我們的心裡會閃現各種不同的對象：我的朋友蘇蘇、剛買的票或者我想喝的卡布奇諾，這些均是事物的特定實例。要談論這樣的實例，說話者必須引起聽話者的注意，才可以確保聽話者心中所想的，跟說話者所指的相同。引起別人注意的事物的特定實例爲指涉對象（referent），而引導聽話者注意的溝通行爲就是指涉（reference），使用的語言形式就是指涉表現（referring expression）。指涉表現又可區分主要指涉表現（primary referring expression）與次要指涉表現（secondary referring expression）。

第二節　指涉、指涉表現、指涉對象

一、指　涉

　　指涉爲研究語意學的基礎重要概念，注意到其重要性的人物爲邏輯學家與數學思想家弗列格（G. Frege）。他提出了弗列格區別（The Fregean distinction），以三個面

向區別詞彙的語意效果：表意效力（force）（問句與陳述句）、聲調（tone）或詞彙之語意豐富度（coloring）（相關意或語域）、以及意義（sense）。我們能夠藉由前兩者判別詞彙的語意。但至於後者，就是處理最根本的問題：「什麼是意義？」

　　弗列格指出意義與指涉必須區別，最明顯的差別在於解釋身分陳述句的語意模糊，如下例子所示。每一個例子中，a/b 組的兩個名詞詞組擁有同樣的指涉對象：金星，而 c/d 組的指涉對象同為王雪紅。

1. a. 晨星是晨星。（The morning star is the morning star.）
   b. 晨星是暮星。（The morning star is the evening star.）
   c. 宏達電的創始者就是建立宏達電的人。
   d. 宏達電的創始者是王永慶的女兒。

　　意義與指涉的確存在明顯的差異，比方說 a 與 c 為套套邏輯關係，訊息量不高；而 b 與 d 則清楚地傳達它們不同的認知效果。弗列格解決模糊性的方法為主張指涉表現並非意義的一部分，意義讓我們瞭解其指涉對象的語意，只有意義才能賦予認知價值及重要性。意義與指涉為語言哲學很重要的議題，弗列格與羅素（B. Russell）認為專

有名詞的意義提供區分指涉對象的訊息，然而，要決定詞彙所傳遞的訊息哪些部分僅止於字典意義（dictionary meaning），哪些部分又屬於百科知識（encyclopedic knowledge）非常的困難。舉例來說，「幫我買些蕃茄跟其他水果」可能出現在人們不知道或不認為蕃茄是蔬菜而非水果情況下。百科知識會影響詞彙共現的可能性，鑑於若蕃茄被歸為蔬菜，但在這裡卻與不相符的類別「水果」放在一起，這樣的現象隱含著詞彙語意的知識與詞彙語意的指稱之間的界線其實是不清楚的。

二、指涉對象與指涉表現

　　指涉表現指的是一詞彙單位，而指涉對象是該詞彙單位的意義。每個詞彙單位都有其名稱。指涉表現與指涉對象之間的關聯相當任意，指涉表現的存在並不保證在物理世界中能找到與之對應的指涉對象。語言可以表達虛構的事物，比方說「南極洲的摩天大樓」、「蜘蛛人」或「獨角獸」。兩者間也並非是一對一的，兩個或兩個以上的指涉表現不見得有同樣的意義，但可能會有同樣的指涉對象，例如以下四個指涉表現不同，卻均指向同一指涉對象。

a. 比爾‧柯林頓（Bill Clinton）

b. 希拉蕊‧黛安‧羅登‧柯林頓的丈夫（The husband of Hillary Diane Rodham Clinton）

c. 雀兒的老爸（The father of Chelsea Clinton）
d. 第42任美國總統（The 42nd President of the United States）

三、外延與內涵

　　當論及指涉表現與其指涉對象之間的關係時，我們需要區分外延（extension）與內涵（intension）。一個詞位的外延為一群實體所指稱的語意，比方說「狗」的外延有大麥町、拉不拉多犬、博美狗、哈士奇等這些具有狗的概念的生物。所有能夠被名詞「湖」指稱的事物即是湖的外延，而「柯 P」的外延僅有單一一個，那就是2014年選上臺北市長的那個人；而「紅樓夢」的外延則為一整個集合，共有120卷。任何詞位的內涵為所有外延成員所共有的特色，比方說，任何具有「湖泊」指稱語意的事物必然為一被陸地包圍有一定大小的水體。而有的時候，某些詞位可能擁有相同的外延，但有不同的言外之意，如之前在第三章討論過的例子 violin/fiddle；有時候，當外延改變時，內涵可以維持不動。舉例來說，「臺北市市長」或「美國的總統」永遠都有同樣的內涵，但其外延會隨著時間改變而改變。

第三節　指涉的類型 ●----------------------------

　　接下來我們將討論指涉的類型，可先區隔爲個別指涉（individuative reference）與泛指指涉（generic reference）。個別指涉及泛指指涉均可能爲定指指涉（definite reference）與不定指指涉（indefinite reference），不定指指涉又可再區分爲特定（specific）與非特定指涉（non-specific reference）。

　　個別指涉不限於特定實例，能夠挑任何實體作爲指涉對象，如例子（3a）；而泛指指涉則是指整個類別，如例子（3b）：

3　a. These <u>politicians</u> are hypocrites.　　　　〔個別指涉〕

　　b. <u>Politicians</u> are hypocrites.　　　　　　　〔泛指指涉〕

　　當我們談到正在發生的事物、已經出現的事物或可能出現的事物，我們會使用個別指涉。因此，例（3a）中提到的特定的政客，根據的可能是個人經驗，比方說依據某特定人士在政論節目上的表現。而當我們談論的是我們對世界的觀察時，我們使用泛指指涉。因此，例子（3b）所表達的是無論過去、現在或未來，放諸四海皆通用的敘述。個別指涉與泛指指涉都可能爲不定指或定指。請看以

下（4）的例子：

4 a. 一個學生在電影院撿到一支手機，於是詢問一名管理員該如何處理。

b. 該名管理員告訴他將那支手機送到失物招領處。

通常來說敘述會先向聽眾介紹參與命題的事物，在例（4）中我們看到了三個角色：一個學生、一支手機、一名管理員。由於這些實例對聽眾來說尚未全盤瞭解，說話的人必須透過使用不定指的形式開啟聽眾的心理空間。一旦說話者能夠確定聽眾的心理空間已經可以容納樣例，他就得以使用定指指涉。從（4b）開始，聽眾已能瞭解學生、手機和管理員的指涉表現，所以說話者能夠使用定指指涉。而電影院及失物招領處也可用定指指涉的原因是由於世界共有知識及經驗造就的框架效應。通常事件會發生在某個特定場景，在這裡是電影院，而一旦這個框架啟動了，失物招領處自然也就是指電影院裡面的相應處所。

泛指指涉也可以區分定指和不定指，如（5a）與（5b），只不過功能有所不同。（5a）用不定冠詞是以一個單一個體來概述全部，而（5b）用定冠詞則是指涉整個種類。（5c）的華語例子中，「坦克」也是泛指指涉。

5
a. <u>A tiger</u> has a life-span of about 11 years.

b. <u>The tiger</u> hunts by night.

c. <u>坦克</u>是一種具有強大的直射火力、高度越野機動性
和強大的裝甲防護力的履帶式裝甲戰鬥車輛。（不
定指泛指指涉）

一、不定指（indefinite）指涉

不定指指涉從指涉集合或群體挑出特定項目，其本質
在於指涉對象的身分跟所傳達的訊息關聯不大。也就是
說，沒有什麼可以決定指涉對象的個別特徵，只有類別上
被提及的特徵才有關聯。不定指表現有許多可能的詞彙或
結構，下列華語及英語的例句畫底線部分均是不定指指涉
表現：

6
a. <u>A man</u> / <u>Some man</u> gave it to her.

b. Come up and see me <u>sometime</u>.

c. I expect he's hiding <u>somewhere</u>.

d. You'll manage <u>somehow</u>.

e. 你在找<u>什麼</u>？

f. 她遇到<u>某位</u>明星。

g. 為了讓咒語啟動，你必須說<u>些話</u>。

當我們詢問某個人：「你可以開窗嗎？」，我們想的可能是一間房間或車子的多個窗子，而其中一扇（或以上）必須打開。也就是說，不定指指涉就是可從集合或群體提取出來指涉特定項目，且不定指指涉具排他性的特質。

二、不定指性與不定指限定詞

不定指限定詞（determiner）的使用情形依照名詞的類型（單數或複數可數名詞、不可數名詞）、語境（肯定式、非肯定式）與說話者的期待（肯定或否定），羅列在下表（請注意：華語跟英語的名詞使用不同，華語需要分類詞（classifier），而英語複數會有詞綴-s 的變化。）

表4-1　不定指限定詞（原始資料取自：Radden & Dirven, 2007, p. 92，表5.2）

	語境	預期	單數可數名詞	複數可數名詞	不可數名詞
(i)	肯定式		a(n), (some)	some, ϕ	some, ϕ
	（算數）		one	two, etc	
(ii)	非肯定式	負面	any	any	any
(iii)	非肯定式	正面	some	some	some

肯定語境為沒有出現否定字眼的句子，如下面的例子所示，在肯定語境下，透過單數可數名詞，不定指可以藉

由不定冠詞標記，或是藉由複數可數名詞與不可數名詞，如例子（7a）～（7c）所示。華語則藉由「一個」或「一些」來標示不定指，如（7d）～（7f）。

7.
a. Lee took a friend to dinner.

b. Lee took (some) friends to dinner.

c. They had some fun.

d. 每個班級必須派一個同學參加馬拉松比賽。

e. 每個班級必須派一部分同學參加馬拉松比賽。（複數可數名詞）

f. 我們需要一些水來清洗這個魚缸。

　　非肯定語境可以透過語法結構或明確的詞彙表達，以下是英語的例子。在（8a）問句、（8c）條件句中，指涉對象有存在的可能；而在（8b）的否定下，指涉對象不存在；（8d）的比較句裡，指涉對象真實存在。這些不同指涉對象的共同點是它們在非肯定語境之下與負面期待吻合。這也反映到 any 可以和副詞 hardly、動詞 doubt、形容詞 difficult 以及否定介系詞 without 搭配使用。（8i）～（8k）則為華語的例子。

8.
a. Did you have any problems with your homework?

b. No, I didn't write any of my homework.

c. Let me know if there is anything you need.

d. I like General Tso's Chicken more than anything else.

e. Jane has hardly got any work done this year.

f. I doubt that I can do any work with this noise.

g. It is difficult to do any serious work at all.

h. John can live off his savings without doing any work.

i. 再也沒有什麼能比足球比賽更能令他瘋狂的了。

j. 你還需要任何別的幫助嗎？

k. 除了父母，他誰也不怕。

　　英語透過 any 或 some 可以使得非肯定語境和正面預期產生關聯，比較下列句子，（9a）的問句可以是單純傳遞訊息的問句，some 在問句（9b）是說話者已經假定了對方喜歡巧克力冰淇淋並且會接受這個邀請，所以才會如此詢問。

a. Would you like any chocolate ice cream?

b. Would you like some chocolate ice cream?

三、兩種不定指指涉類型

　　說話者在想到不定指實例時，想到的可能是存在或不

存在的物體，也就是該物體可為現實或非現實。說話者利用特定的指涉暗示聽話者其內心存有的指涉對象，指示聽話者對這樣的指涉對象開啓心理空間（mental space）。非特定指涉的對象常是想像、虛擬的現實。比較以下例句：

10 a. 阿美想要嫁給一位日本人。他住在東京。
    b. 阿美想要嫁給一位日本人。他要很有錢。

例句（10a）提到的日本人，對說話者來說，是現實中確實存在的人物。這一類的指涉被稱為特定指涉（specific reference）。例句（10b）中的日本人並非特定所指，他可以是所有日本適婚年齡男子中符合「有錢」條件的其中一人，這一類的稱做非特定指涉（non-specific reference）。我們無法單就「阿美想要嫁給一位日本人」一句區分「一位日本人」是特定指涉還是非特定指涉，必須依後面接著的句子所產生的邏輯，才能判斷。然特定指涉可在文化框架中的某些特質進行推論，如例（11）所示，由於我們對「書」的框架與「夜店」框架相當嫺熟，「一頁」、「一些零星散客」的特定指涉可以很輕易地被推斷。

例 11

a. 那是一本全新的書，可是仔細看看居然缺了一頁。

b. 這家夜店通常十一點關。可是現在過午夜了，還有一些零星散客喝著啤酒。

c. 你要來杯咖啡嗎？（Would you like a cup of coffee?）

　　非特定指涉亦可運用非肯定結構，比方說 yes-no 問句、否定句、祈使句、條件句以及包含情態動詞或意念動詞的結構。這些結構的共同點為說話者暗示的是虛擬情境而非在真實世界存在的指涉對象。非特定指涉並不影響溝通，例句（11c）中的飲料只是虛構的實例，雖是非特定指涉對象，仍具有回指功能，可在言談中持續，針對（11c）的回答可能有：「好的，我要它甜一點。（Sure, make it a little bit sweeter.）」，這裡的代名詞「它（it）」可以指涉一杯咖啡，只在虛擬情境下存在的指涉對象。或者可從假定世界移轉到真實世界，如（12）的例子。例句（12a）的非特定指涉對象 a new computer 在例句（12b）變成特定指涉，說話者透過代名詞 one 或 a notebook 引介出真實空間。

例 12

a. I needed a new computer.

b. I went to the Mac shop and bought one/a notebook.

指涉表現是否爲特定指涉並非取決於表現本身，而是取決於大範圍的語境。觀察下列例句，例句（13a）中，a cat 指涉的是特定的一隻，指涉在這裡的功能指向某種（或某隻）特別的動物。例句（13b）的 a cat 則可詮釋成非特定的，指涉任意一隻貓。特定指涉與非特定指涉之間的差異常與時間有關，因爲過去發生的事件蘊含特定的事件，而未來相較之下顯得不確定，對照（13c）／（13d）、（14a）／（14b）及（14c）／（14d）就可看出這樣的差異：前者爲特定指涉，而後者爲非特定指涉。有的時候，許多矛盾的例句可以透過語境去除，前面提到的華語的例子（10a）及（10b）的對照，以及如（14e）跟（14f）的後半部句子就明確帶出前面句子的 a Swede 是特定還是非特定的差異。

13
  a. We have a cat.

  b. We'd like to have a cat.

  c. 小明有一輛自行車。

  d. 小明想買一輛自行車。

14
  a. An apple fell out of your bag.

  b. I eat an apple every morning.

  c. 籃球劃出一道弧線，落入籃框中。

語意學

d. 小華每天都打<u>籃球</u>。

e. Vivian plans to marry <u>a Swede</u>; she thinks he's wonderful.

f. Vivian plans to marry <u>a Swede</u>, but she hasn't met any yet.

四、定指（definite）指涉

　　定指指涉對象包含所有集合裡面的項目，也就是說它不會排除任何一個項目。當指涉表現為定指，說話者假設聽話者基於種種原因能夠辨識出指涉對象。這種假設基於幾種情形：其一，說話者假定聽話者能夠從語境下分辨指涉對象，例如（15a）中，桌子、杯子、櫃子均是說話者與聽話者彼此均能分辨的指涉對象；第二，說話者假設聽話者可以做出必要的猜測，將新的指涉連結到前一個指涉，例如（15b）中，舞臺不會是別的舞臺，而是眼前這個劇場的舞臺。第三，該指涉固定不變，因此，成為聽話者常識的一部分。搭配固定指涉（見本章第四節）的指涉表現永遠是定指的，如（15c）。第四，說話者與聽話者在所共處的外在世界裡，指涉對象具有獨特的地位，如（15d）及（15e）中寶寶、醫生、報告均為說話者與聽話者交談時彼此能分辨且重要的指涉對象。第五，名字與名稱是定指且特定的指涉表現，如（15f）。最後，說話者能夠透過指涉表現中的補語（complement）或修

089

飾語（modifier），明確指出指涉對象，如（15g）的 The client 及（15h）the gold ring。

15
a. 把桌上的杯子拿下來放到櫃子裡。

b. 這裡曾是牯嶺街小劇場的舊址。舞臺在這，大廳在那。

c. 萬里長城／加拿大（The Great Walls／Canada）

d. 小心！你可能會吵醒寶寶。

e. 你有收到醫生寄來的報告嗎？

f. 小美、梅克爾總理、柯文哲市長、歐巴馬總統

g. The client who came here yesterday was back again today.

h. I'd like to look at the gold ring with a small diamond on the top shelf of that display case.

五、泛指（generic）指涉

泛指指涉概括一整個類別，類別通常是相似個體成分形成類型或集合。英語有四種表達泛指指涉的句構，但動物名詞及人類名詞單數或複數做主詞時句法行為有不同，如以下例子的比較。

a. A tiger hunts by night.

b. ? A Korean likes pickled cabbage.

 a. Tigers hunt by night.

b. Koreans like pickled cabbage.

 a. The tiger hunts by night.

b. ?The Korean likes pickled cabbage.

 a. ?The tigers hunt by night.

b. The Koreans like pickled cabbage.

1. 不定指單數：組成類別的單一成員

　　不定指為從群體當中選出一個實例為代表，如例子（16a）的 A tiger 從老虎這個群體被挑選出來概括整個類別，這個單一成員是指涉整個類別的代表。夜晚獵食很顯然地並非為某隻老虎所獨有，而是所有老虎皆有的特質。不過用在人類身上時，要找出單一成員可以代表人類本質的描述是相當困難的，所以例子（16b）就略顯不自然。

不定指單數的動物名詞也不會與涉及整個物種的述語一起用，如句子 *A Balinese tiger has been extinct for 50 years. 就是不好的句子。

2. 不定指複數：組成類別的不確定成員

在個別指涉中，不定指複數在「多於一個」與「全部」之間搖擺不定。而在泛指指涉裡，不定指複數則概括了類別的一大部分成員。就像例句（17b）Koreans like pickled cabbage。人們傾向概括一些有關聯的經驗，而不定指複數提供了這樣的指涉表現，它傳達了模糊、印象中的判斷，允許例外發生；就算有些韓國人不喜歡泡菜，這個句子還是可以成立。

3. 定指單數：類別的典型成員

就泛指指涉而言，定指單數指涉是用來指涉整個類別，例句（18a）的 The tiger hunts by night. 描述的是老虎這個類別的行為，與之相對應的是其他類型的掠食者。定指單數指涉亦可用於指涉特定種類的特質，比方說 The smart phone has changed our lives. 就指出智慧型手機的特質。

4. 定指複數：類別中的眾多成員

定指複數指涉可以包含許多成員。定指單數指涉是將物種的特質描繪而出，而定指複數指涉則可將多數人類分類，如例（19b）即用來指涉多數的韓國人喜歡泡菜。

第四節 指涉對象的類型

　　獨特指涉（unique reference）的指涉對象之所以如此獨特在於說話者與聽話者共享同個社會、文化知識。我們可以藉由以下三例說明：

20

a. 去年夏天我們在臺東森林公園健走。

b. 我們一起從珍的公寓看101的煙火吧。

c. 週日下午，我到公園慢跑。

　　例子（20a）所使用的專有名稱即說明了固有獨特性，也就是當指涉對象為獨特的實體或者獨特實體的集合，其指涉表現稱為固定指涉（fixed reference）；例子（20b）中名詞片語使用了所有格用以表達符合資格的獨特性；另外，若指涉對象每次使用時皆不同，則這樣的指涉表現我們稱之為變體指涉（variable reference），若需辨認的指涉表現裡含有變體指涉，則須仰賴具體的知識，也需要辨認指涉對象是來自現實世界抑或特定語境。例子（20c）的定指名詞片語的指涉即因說話者的語境提供的框架獨特性而成立。這三種獨特指涉將在下面說明。

一、固有獨特性

　　固有獨特性（inherent uniqueness）的指涉對象能夠擁有與生俱來的獨特性在於它是某一種類的唯一實例，是最顯著、最容易辨認的。這種類型通常會以專有名詞稱之如「時報廣場」，或不可數名詞如「教育」或「語言學」。

1. 物件的獨特實例：專有名詞

　　單一獨特的實體主要會受人物或地點的限制，它們通常都會藉由專有名詞（proper name），讓聽話者理解所指涉的對象。人物專有名詞並不包含一個類別而是只有單一實體，既然專有名詞為定指，也就不需要受到定指限定詞的規範。

　　這樣的情況在處理英語地理名詞時最為棘手，這些名詞前面有時候沒有冠詞、有時可以加冠詞，並無系統性可言。許多因素會影響專有名詞的使用，特別是封閉、複雜地名或由構詞組成的地名。多數國家的名稱如加拿大（Canada），前面是不用加冠詞的。然有些政治單位的集合需要複數的專有名詞搭配定冠詞，比方說美國（the United States）、荷蘭（the Netherlands）與波羅的海三小國（the Baltics）。河川是自然現象，可以延伸成上千上百條，因此，多數河川名稱都需要定冠詞去標記無邊界的實體為獨特指涉對象。同樣的情況也適用於有清楚界線的自然景觀，如撒哈拉（the Sahara）跟大峽谷（the Grand

Canyon）等。其他專有名詞的實例整理成下表：

表4-2　專有名詞與定冠詞（以建築物、橋樑、機構為例）

零冠詞	定冠詞
名詞——名詞複合詞	形容詞——名詞複合詞
London Bridge （倫敦大橋） Oxford Street（牛津街） Buckingham Palace （白金漢宮）	the Golden Gate Bridge （金門大橋） the British Museum （大英博物館） the White House（白宮） the High Street（商業街）
轉喻：地點代表機構	用以與一般名詞有所區別
Westminster （倫敦國會大廈） Scotland Yard （倫敦警察廳）	the Church（教堂） the Army（軍隊） the Government（政府）

2. 不可數名詞：物質為「獨特」的實例

　　抽象名詞顯示出許多抽象事物本身的獨特性，以下例子中畫底線名詞說明其用法：

21　　a. <u>Life</u> is full of surprises.

　　　b. <u>Silence</u> means approval.

　　　c. <u>Tourism</u> is ruining many beautiful spots.

d. <u>Society</u> is obliged to support all the unemployed people.

e. Two of my best friends are in <u>education</u>.

f. The object of <u>botany</u> is the study of plants.

g. 人生處處有<u>驚喜</u>。

h. <u>語言學</u>是以人類語言爲研究對象的學科。

i. 小華主修<u>建築學</u>。

二、描述的獨特性

　　建立指涉對象獨特性另一常用的方法在於符合限定描述，也就是運用修飾語展現描述的獨特性（qualified uniqueness），說話者可能會指著指涉對象的某個具顯著性質的面向，使得聽話者能夠辨認指涉對象。指涉對象的顯著面向可能爲其中一項性質，如例子（22a）及（22a'）、事物擺放的位置如例子（22b）及（22b'）、以及包含事物的某事件如例子（22c）及（22c'）。有時所指涉的物件有太多的實體時，比方說在一間教室裡面，通常就需要透過描述的獨特性來確認指涉對象，如（22d）及（22d'）。

22　a. No, my coat is <u>the green one</u>.

　　b. And <u>the umbrella in the umbrella stand</u> is also mine.

c. This is the concert ticket you gave me.

d. The girl with the red sweater, what is your question?

a'.照片中金色捲髮的女生就是我的姐姐。

b'.商學院對面的建築就是中正圖書館。

c'.這是學生送給我的教師節賀卡。

d'.戴眼鏡的短髮女生，可以請你爲我們閱讀全文嗎？

三、框架獨特性（framed uniqueness）

　　框架的知識與兩種指涉情境息息相關：指涉對象的身分需要靠框架推論而來，或者框架下之指涉對象其成員的功能或角色有所變化。前者我們稱作推論獨特性（inferred uniqueness），後者則爲功能獨特性（functional uniqueness）。

1. 推論獨特性

　　以下例子中，底線部分爲定指的名詞組，所指涉的爲框架底下實體的獨特性。例子（23a）到（23f）表示指涉對象的獨特性可以廣泛地在各程度的普遍性下推斷。

23
a. Have you locked the door?　〔框架：房屋、車子等〕

b. The children are in the school.　〔框架：社區、學區〕

c. The boss will be upset.　　　　〔框架：工作〕

d. 新的<u>學期</u>就要開始了！ 〔框架：學校〕

e. 我在<u>光南</u>遇到小明。 〔框架：商店〕

f. 要不要一起去看《<u>腦筋急轉彎</u>》？ 〔框架：電影〕

2. 功能獨特性

　　有時候我們對於指涉對象在特定社會文化框架下所扮演的角色和功能甚感興趣。以下以多個例子舉隅說明：

24 a. "Where do you know this from?" —— "I read it in <u>the newspaper</u>."

此句在新聞與媒體播報的框架之下，呈現的是新聞的功能。

b. "How are we getting there?" —— "We can take <u>the bus</u>."

此句在大眾運輸工具框架下，展現的是公車的功能。

c. "It's so stuffy in here. Can't we open <u>the window</u>?"

此句在調解室內溫度方法的框架下，打開任何一扇窗都可以達到這樣的目標。

第五節　言談指涉 •-------------------------------

　　言談進行時，透過不定指指涉心理空間會持續開啓新的指涉對象，一旦開啓，指涉對象就會使說話者與聽話者都能理解。因此，說話者可以透過定指指涉在任何時刻指涉不同對象，此類型的指涉依賴進行中的言談，所以稱做言談指涉（discourse reference）。兩種主要的言談指涉類型爲：回指指涉（anaphoric reference）與反指指涉（cataphoric reference）。

　　比較常見的爲回指指涉（希臘文 anapherein，意爲：回溯、回復），說話者往回指涉到之前在言談裡提到的實例。如電影院的例子（25）（同本章例子（4））：

25　a. 一個學生在電影院撿到一支手機，於是詢問了一名管理員該如何處理。

　　　b. 該名管理員告訴他將那支手機送到失物招領處。

　　（25b）句的指涉對象管理員、他以及那支手機皆爲回指指涉，它們指的是出現在之前的言談（25a）裡的同樣的指涉對象。回指指涉通常以第三人稱代名詞表達，第三人稱代名詞的主要功用在於它可以回指先行詞，同時也能記錄指涉對象如數量、生命狀態與性別等訊息。代名詞也會

用來指涉前段言談中未被提及的對象，如以下例（26）：

26 我不再關心政治。<u>他們</u>都是腐敗的。

　　此句中的代名詞可以回指未被提及的指涉對象「政治家」或「政客」，這樣的代名詞鬆散現象（pronouns of laziness）提供了一條途徑得以窺見認知是如何運作的，「政治」會活化「政治框架」。在這個框架下，「政治家」的指涉對象能夠很輕易地被說話者的心理空間容納，於是擁有回指指涉功能，這個用法稱作概念回指（conceptual anaphors）。

　　而透過名詞組回指到先行詞（antecedent）的指涉對象，說話者也可以運用其他特別的表達方式，讓指涉對象在心理空間能被觸發。例句（27a）中，回指指涉對象 Her car 透過隱喻的方式表達；在（27b）裡則透過轉喻來表達。

27 a. Her car never left her in the lurch. But she had to bid farewell to <u>her sweetheart</u>.

b. His car is valueless. He should never have bought <u>that set of wheels</u>.

第二種類型的言談指涉，反指指涉出現得比較少。在反指指涉（希臘語 katapherein 意指：帶下來）中，說話者指涉到某個指涉對象，會在接下來的言談才提及。以下對話的片段說明了反指指涉：

「你知道<u>那個</u>關於警察跟駕駛人的笑話嗎？」

「不知道。」

「嗯。一名警察把超速的駕駛拉出……」

這裡，**警察**與**駕駛**在尚未以不定指用法介紹出指涉對象前，用了定指指涉，聽話者必須在後面的言談中才能確認該指涉對象。反指指涉的主要功能為說話者鎖定某個指涉對象或將要談論的情境，又如：「讓我<u>這麼</u>跟你說吧……」，（這個句子中的「這麼」）也是同樣的用法。

 第六節 指涉的轉移與歧異性

觀察下列例句裡指涉轉移（referring shift）的情況。在例句（29a）及（29b）裡，第一個指涉表現為不定指特定指涉，但第二句指涉卻是定指。倘若第一個指涉表現為不定指非特定指涉，接著的共同指涉可能是定指或非定指，如（29c）及（29d）。

29 a. There was a strange picture on the wall. I wondered where the picture / it had came from.

b. 小明央求爸爸給他買一部單眼相機，這樣週末他可以帶著它去拍照。

c. If they were going to buy a car, they would buy it at Toyota's.

d. If they were going to buy a car, they would buy one at Toyota's.

指涉所造成的歧異性（referential ambiguity）存在於不定指指涉表現，可以爲非特定的。回指不清楚的原因在於人物代名詞可以連接兩個指涉表現，（30a）的報紙可以是定指指涉，如說話者每天特定看的報紙，自由時報或聯合報；也可以是不定指，指涉任何報紙。（30b）的「有個訪客」也有定指及不定指兩種可能。（30c）中的代名詞「你」可以用於普通泛指所有人或有特定聽話者的情況，而「每」的名詞詞組可以有分配指涉或集合指涉兩種解讀，前者指每個人均有一瓶酒，後者指一瓶酒給大家分。

30 a. 我想要買報紙。

b. 小李告訴張三有個訪客在等他。

c. 如果你想更上一層樓，你就得更努力。

d. 老闆正在買酒給這裡的每個人。

練習題

1. 下列例句畫線處哪些有特定指涉（specific reference）？
   哪些沒有？

   (1) Somebody called and left a message for you.

   (2) I hope somebody will turn off the light.

   (3) The last person to leave the office should lock the door.

   (4) Birds of a feather flock together.

   (5) Jim sometimes forgets to keep his eye on the ball.

2. 下列例句畫線處指涉為何？

   (1) Pete promised me a souvenir from London but I never
       got it.

   (2) Pete promised me a souvenir from London but I never
       got one.

   (3) Frances asked Shirley to lend her some money.

   (4) Frances promised Shirley to lend her some money.

   (5) The police arrested several demonstrators because they
       were destroying property.

   (6) The police arrested several demonstrators because they
       felt the demonstration was getting violent.

3. 下列專有名詞前何者可加定冠詞 the？

    a. _____ Mississippi (state)

    b. _____ Mississippi (river)

    c. _____ Cambridge University

    d. _____ Pyramids

    e. _____ Golden Gate Bridge

    f. _____ Buckingham Palace

    g. _____ Balkans

chapter 5

第五章 ▶ 指　示

第一節 指 示 ●------------------------------

　　在自然社會語境下，指示（deixis）用於指向說話環境裡的事物。而其指涉對象（referent）因僅能透過語境（context）決定，故指示的重要性在於言談參與者必須均理解談話中的指涉對象為何，溝通才不會有誤解。談話溝通若由說話者在說話環境裡作為指示中心（deictic center），最基本的指涉行為便是說話者指向說話場景中的某特定人或物。每種語言都有指示性的詞彙存在，通常有以指示用法為主要功能的指示語，或指示表現（deictic expression）；反之則是非指示語（non-deictic expression）。下列英語例句中畫底線的指示成分只有在適切的語境才能被解讀，this afternoon 是說話者發言的當天下午，而 tomorrow 是哪天則要視說話的那天來決定。

1　a. I was disappointed that you didn't come <u>this afternoon</u>.
　　b. I hope you'll join us <u>tomorrow</u>.

　　指示語的用法可再細分為手勢性使用（gestural use）與象徵性使用（symbolic use）。手勢性使用為運用肢體於說話情境中解釋當下言語事件中相互關聯的要素，如例句（2a）、（2b）、（2c）所示；（2a）連續使用了3個

第二人稱代名詞，其指涉對象在語境中可能需要分別靠肢體動作來指出不同對象，（2b）的指示代詞 this 與 that 是對照出「係此非彼」的指定對象，（2c）的「這位」是哪位也只有在話語情境中才能理解。相對地，象徵性使用則毋須靠肢體動作表達指示，而是靠對話或言談中對指涉對象長時間的理解而得，如例句（2d）、（2e）所示，this town 指涉的鄉鎮就是說話參與者長期理解的地方。

2
a. You, you, but not you go back to your rooms.
b. This is the toe that hurt, not that one.
c. 您好，這位是林老闆。
d. We've lived in this town for ten years.
e. This town is famous for its beautiful plum blossom.

第二節　指示類型

　　指示依言語事件的談話場景，尚有人物、時間與空間等類型，因為所有牽涉外指（exophoric）表現的對象必須與說話者、說話的時間及說話的地點相互關聯。除了此三種外，這一小節亦會介紹其他三種指示類型：社會、言談及情緒。

一、人物指示

人物指示（person deixis）是關於辨認言語事件中對話者（interlocutors）或參與角色（participant roles）的一種指示類型，是透過語法類別如代名詞或相關詞彙如親屬詞、頭銜及專有名稱表達。就語法表現而言，代名詞存在三種差別：第一人稱爲說話者對自身的指涉；第二人稱爲說話者除自身外用以指涉一至多位的聽話者；第三人稱則是用以指涉說話者與聽話者以外的人物或實體。人稱有數的區別，最常見的兩種數量系統爲單複數系統（singular-plural）如華語的「我／我們」、「你／你們」及單雙複數系統（singular-dual-plural）如阿拉伯語中的第二人稱單數「你」是'*anta*、第二個「你」要用雙數'*antumaa* 表示、二以上的複數才以'*antum* 表達。而關於非單數第一人稱，值得注意的是，世界上許多語言擁有兩個非單數第一人稱代名詞，其中一個包含聽話者（we-inclusive-of-addressee），另外一個排除聽話者（we-exclusive-of-addressee）。舉例來說，馬來語（Malay）的第一人稱複數的兩個形式，*kita* 包含聽話者，而 *kami* 則排除了聽話者。

英語裡的第一人稱複數雖僅有一個形式，也可以有上述包含與排除的不同指示功能。觀察下列例句，（3a）及（3b）的 us 已包含了聽話者，因此（3b）若再提及 you 便顯得奇怪。同樣地，華語的「我們」也有此差異存在。

比方說，（3c）的句子在語意上包含了聽話者，而（3d）的句子則不包含。

　　有些時候，這樣的使用在特定語境下能發揮一些語用功能。以醫病關係而言，（3e）的 we 指的是聽話者，使用 we 為說話者（醫生）願意表達其對聽話者（病人）身體健康的關切；而（3f）則是把自身對聽話者帶來壞消息的責任透過 we 來稀釋以減緩聽話者對自身的責難。華語亦是如此，在課室環境下，（3g）的「我們」其實指的是「你們（學生）」，亦即寫作文的主體其實是學生；而日常對話中，說話者也常使用如（3h）的句子表達自身與家族的親密性，但實際上說話者言語中的「我們」即為「我」。

3
a. Let's go to the movie.

b. ?Let's go to see *you* tomorrow.

c. 我們去吃飯吧！

d. 我們明天去看你。

e. How are we feeling today? (we = you)

f. We regret to inform you that your application was not successful. (we = I)

g. 我們現在來寫作文。（我們 = 你們）

h. 我們家的狗昨天生病了。（我們 = 我）

二、時間指示

時間指示（time deixis）與言語事件中話語所編碼的時間點與時間跨度有關，其通常反映在時間指示副詞與時制上面。觀察以下英語例句中常見的時間指示：

4
a. Pull the rope <u>now</u>!

b. <u>Tomorrow</u> is Sunday.

c. Jim hit May with a baseball bat <u>yesterday</u>.

d. I'll see you on <u>Friday</u>.

時間指示副詞如（4a）的 now 表達的是鄰近時間（proximal time）之意，指涉說話的當下的單純的時間指示詞。例句（4b）指涉的是整個時間跨度，例句（4c）則是與時間跨度有關的某個時間點。值得注意的是，例句（4b）、（4c）中的 tomorrow/yesterday 在使用上比 Sunday、Friday 等這類日曆用語在言語事件中更為頻繁且優先，也就是說，能用 today/tomorrow/yesterday 表達的話就不會使用日曆用語（calendrical usage）。以例句（4d）為例，如果說話者身處的時間點剛好就在星期四，他可能就會直接講 I'll see you *tomorrow*。不同語言之間的時間指示詞亦有不同詞彙化的表現，如華語以「今天」為基準點，往前往後可推算出「明天、後天」與「昨天、前

天」四個相當對稱的時間指示。而時制，同樣為表達時間的方式之一。英語與華語在此種時間指涉上各有差異，細節將在第八章詳述。

三、空間指示

　　空間指示（space deixis）為言語事件中明確將參與者所在的位置指出的一種方式。語言上，有三種普遍的參考框架（frame of reference）跟表達空間中被定位的實體與其所在之處的關係有關，下列例句將分別說明。

5　a. The woman is <u>behind</u> the car.

　　b. The woman is <u>to the right of</u> the car.

　　c. The woman is <u>(to the) west of</u> the car.

1. 內在參考框架（intrinsic frame of reference）
　　此框架以物件為中心，該物件通常具有與生俱來的特質如有邊緣或被當作背景的那一面。舉例來說，例句（5a）中的 behind 將 the woman（主體）與 the car（背景）之間的關係一分為二。

2. 相對參考框架（relative frame of reference）
　　此框架由代表視角、主體與視角選擇的特別背景三項所組成，它利用視角分配主體與背景的方向，如例句（5b）所示，英語的介系詞 to 即擔任此功能，視角透過

觀看者／說話者的位置決定，這樣的指示用法相當典型。

3. 絕對參考框架（absolute frame of reference）

此框架基於座標系統（東／西／南／北）標示空間關係，如例句（5c）所示，west 將主體與背景一分為二。跟內在參考框架類似，它展現的是以他物為中心的空間二元關係，而且會受到方位的限制，英語用的介系詞是 to。

另外，我們也可透過說話者與聽話者之間的相對距離或空間當下性（spatial immediacy）討論空間指示的差異。一般而言，世界上為數不少的語言僅存在單一術語系統（one-term systems），也就是說，其系統只有一個指示代名詞或指示形容詞，而且不會標注空間裡的距離，如德語的 die，但在有些單一術語系統的語言裡，卻能經由空間指示副詞補其不足之處。而雙術語系統（two-term systems）則是由指示詞與指示副詞兩個部分組成，如英語、華語、加泰隆尼亞語等，這些語言將距離分為靠近說話者之近距離（proximal）或遠離說話者之遠距離（distal），此系統為最典型、廣泛的空間指示。除此之外，還有一些語言以三術語系統（three-term systems）運作，如西班牙語、捷克語等，分成近距離、中間距離（medial）、遠距離。而三術語系統中又可細分成以距離中心型（distance-centric system）與說話者中心型（speaker-centric system），前者指的是透過中間距離將說話者的指示中心與其他位置區分清楚，如古典阿拉伯語；後者的三術語運作方式則加入聽話者作為第二個指示

中心，近距離指的是靠近說話者，中間距離指的是靠近聽話者，遠距離則是既不靠近說話者與聽話者，如日語。以上所提的空間運作方式整理成表5-1。

表5-1　空間運作

	近距離	中間距離	遠距離
華語	這裡		那裡
英語	here		there
法語	ici		là-bas
距離中心型			
阿拉伯語	huna	hunaak	hunaalik
說話者中心型	（靠近說話者）	（靠近聽話者）	
日語	koko	soko	asoko

四、社會指示

　　社會指示（social deixis）關注的是說話者、聽話者或第三者的社會地位之間的關係，包含社會階級、親屬關係、年齡、性別、職業與種族。其通常可藉由人稱代名詞、說話形式、詞綴、附著詞與感嘆詞表達。又可分爲絕對社會指示（absolute social deixis）與相對社會指示（relational social deixis），前者常由具有權威性地位的說話者或聽話者使用，如中國古代皇帝自稱爲「朕」、看見英國女王要稱 Your Majesty 等；後者則多

半表現在敬語（honorifics）上。舉例來說，多數歐洲語言存有兩個詞彙指稱第二人稱單數代名詞，一個用來指熟識的人、另一個則用來表示禮貌，如法語的 tu/vous、西班牙語 tú/usted，這樣的區分方式稱之 T/V 分別（T/V distinction）。而以敬語最廣為人知的日語，其敬語種類中有尊敬語跟謙讓語兩種：說話者為了抬高聽話者的地位，在描述對方所做之動作時會使用尊敬語，比方說「する（suru）」（做）這個動詞，為抬高對方地位可改用尊敬語「なさる（nasaru）」；而說話者也可以壓低自己的地位表示對對方的敬意，在描述自身所做之動作時可使用謙讓語，「する（suru）」的謙讓語為「いたす（itasu）」。古代漢語亦有謙敬稱的表現，敬稱如稱君王作「君」、「陛下」等、謙稱如「不才」、「敝人」等。

五、言談指示

言談指示（discourse deixis）是在言談中用來指出當下、之前或之後話語的語言表達，此指涉本質上屬於內指功能（endophoric，或稱照應功能）。觀察下列例句：

6　a. I bet you haven't heard this story.

b. That was the funniest story I've ever heard.

c. Here goes the main argument.

在例句（6a）中，近稱指示語 this 的用法讓聽話者期待有更多關於故事的訊息將出現在後續的言談之中；（6c）的空間副詞 here 使用也是類似；而例句（6b）剛好相反，that 所指涉的是剛剛講完的故事，爲言談進行的前一部分。

六、情緒指示

指示亦可延伸用在表達說話者與指涉實體之間的情緒距離，亦稱情緒指示（emotional deixis），比方說英語的 this 在使用上通常展現的是說話者的同情；反之，that 則表達了情緒上的疏離。如以下例句所示，（7a）表達的是對某種生活的渴望，在情緒上自然比較靠近，而（7b）則說明了討厭的態度，避而遠之。（7c）及（7d）對照出前者說話者之同情比較願意一起想辦法解決問題，而後者則是不想牽涉其中的態度，認爲是聽話者自身的問題。

7

a. I prefer this kind of life!

b. I cannot stand that attitude.

c. This is your problem.

d. That is your problem.

　　詞彙的指示功能不見得一直都存在，在下列的例句裡，指示性成分已不具有指示功能。下列句子中的指示代詞均沒有指示功能，表達的是一種泛指的功能。

8
　　a. 今日座上客，明日階下囚。

　　b. The children were running here and there.

　　c. You can lead a horse to water but you can't make him drink.

　　d. They say that prevention is better than cure.

　　e. They don't make good plum jam the way they used to.

　　而指示與回指的差異相當明顯，回指性詞彙能夠指涉言談中之前提到的指涉對象，如下面例句的「他」是回指用法，指句子前面的「小華」。回指性詞彙指涉之前的指涉對象，但並沒有對指涉對象做語意的涉入。比如有些職業名詞如祕書、老師、收銀員或醫生，雖然有性別刻板印象，但詞彙本身並沒有這樣的語意，進一步的資訊則需仰賴語境判別。另外，代名詞的回指必須在語法上完成回指功能，詞彙回指可經由重複相同的名詞詞首、近義詞或使用上層關係詞彙完成，如例句（9c）的第二句除了

代名詞 it 之外，其他詞彙結構也均可回指前句的 a strange painting。語法回指需透過第三人稱代名詞完成，定指回指代名詞有 he、she、they 或 it；不定指特定名詞詞組以 some、one、ones 替代。

a. 小華已經等了一個小時，他現在想離開了。

b. 總經理請祕書打電話給張先生，他／她已經讓張先生在電話線上。

c. There was a strange painting on the wall. I wondered where the painting / the picture / this work of art / it had come from.

d. I need a pencil; do you have one?

e. Mr. Wang needs students to help move his bookshelf. Can you find some?

 第四節　英語的 Come 與 Go

　　不只有指示詞與代名詞蘊含指示的概念，英語的移動動詞 to come 與 to go 亦有其指示功能。很直覺的發想是 to come 意指〔去這裡〕，就是到說話者的地方，這樣似乎能解釋 to come 的意義。to go 與 here 無法共現使用，而 to come 可以表達這樣的組合，故 come here 其實

是累贅且刻意的表現；come home 隱含說話者已在家，而 go home 則代表說話者不在家。但檢視更多用法會發現，即使說話者不在京都，也可以說 I'll come to Kyoto next week，此時的 come 用於表達說話者前往聽話者在的那個地方。因此英語的 to come 應該是指前往說話者或聽話者的所在之處 [go to: Spk or Adr]，也就是到離說話者及聽話者均不遠的地方 [go to: Neg.Awa]。因此，英語指示詞是基於說話者 [Spk] 的遠近來區分，動作動詞是基於是否遠離言談參與者 [Awa] 來區分，合在一起，讓英語有三種區別距離的方式。我們把移動成分稱為 [Mov]，所以語意結構按照成分排列的順序，to go 的意義為 [Mov.Dir: Awa]。另外，here 與 there 為處所成分，與移動動詞共用就有方向性，故在前面多加 [Dir:]，因此，參照 Hofmann（1993, pp. 67-76），come 跟 go 相關的用法可以用以下框架表現：

to come   [Mov.Dir: Neg.Awa]   here   [Dir: Spk]
to go   [Mov.Dir: Awa]   there   [Dir: Neg.Spk]
come here [Mov.Dir: Neg.Awa.Dir:Spk] =[Mov.Dir: Spk]
come there [Mov.Dir: Neg.Awa.Dir: Neg.Spk] = [Mov.Dir: Adr]
go there   [Mov.Dir: Awa.Dir: Neg.Spk] =[Mov.Dir: Awa]
*go here   [Mov.Dir: Awa.Dir: Spk] (contradiction)

　　語言通常與指示表現搭配，如前面所示 to come 與 to

go 有相對應的及物動詞與使役表現。英語有 to bring，所以就不會說*take something here。這些語意含使役意味的詞彙在多數語言裡亦多配合 to come 與 to go 出現，至多再有帶著或引領之意，比方說日語的 X-wo motte-kuru (to come, carrying X')；X-wo motte-iku (to go, carrying X')。

在非自然與隱喻使用上 to come 與 to go 的語意有所不同，to bring 與 to take 也相同。Go [Awa] 可被詮釋爲從正常狀態離開，而 come [Neg.Awa] 則是從不正常的狀態回到正常。例句（10a）意指體溫升高，偏離正常的體溫；而（10b）則指回到對說話者與聽話者來說正常的溫度，[Neg.Awa]。相反的，（10c）描述了孩童經歷不正常的低溫，（10d）描述體溫升回到正常。（10e）與（10f）的對照也是相同。

10

a. The child's temperature <u>went up</u> today.

b. The child's temperature <u>came down</u> today.

c. The child's temperature <u>went down</u> today.

d. The child's temperature <u>came up again</u> today.

e. This medicine will <u>bring</u> your child's temperature down.

f. That same medicine <u>took</u> another child's temperature down.

 練習題

1. 不同的指示指涉在使用上如下所示：

   a. 手勢性指示（deictic gestural，使用受語境控制）

   This is the finger that hurt, not that one.

   b. 象徵性指示（deictic symbolic，使用在表達長時間的對話或言談）

   We've lived in this town for twenty years.

   c. 非指示回指（non-deictic anaphoric）

   John is going to visit the park he used to go.

   d. 非指示非回指（non-deictic non-anaphoric）

   You can lead a horse to water but you can't make him drink.

   由下列例句中畫線處辨別其屬於上述何種指示指涉的使用：

   (1) <u>You</u>, <u>you</u>, but not <u>you</u> are dismissed.

   (2) What did <u>you</u> say?

   (3) <u>You</u> can never tell what sex they are nowadays.

   (4) John came in and <u>he</u> lit a fire.

   (5) <u>This</u> finger hurts.

   (6) <u>This</u> city stinks.

   (7) I met <u>this</u> weird guy the other day.

(8) Push not <u>now</u>, but <u>now</u>.

(9) Let's go <u>now</u> rather than tomorrow.

(10) <u>Now</u>, that is not what I said.

(11) Not <u>that</u> one, idiot, <u>that</u> one.

(12) <u>That</u>'s a beautiful view.

(13) Oh, I did <u>this</u> and <u>that</u>.

(14) Move it from <u>there</u> to <u>there</u>.

(15) Hello, is Harry <u>there</u>?

(16) <u>There</u> we go.

2. 不及物動詞 to come 有許多慣用的表達方式，而及物動詞 to bring 亦有相似表現。觀察下列示範後，以 to bring 合併以下五組句子（本練習引自Hofmann 1993, p. 74）：

For example: *Land is very high-priced. The question of a new site came up.*

   The high price of land brought up the question of a new site.

a. A pocket-sized word-processor has just come out. It is made by a Japanese company.

b. We had warm weather this winter. The peach trees will come into blossom a week early.

c. The prime minister takes long walks in the evening. He comes into contact with ordinary people.

d. My tests were deplorable. It came home to me how lazy

I had been all year.

e. They excavated the bomb at Egypt. New evidence came to light that there was trans-Atlantic commerce even then.

3. 華語與英語的空間指示表現皆爲雙術語系統，包含一靠近說話者的近稱（proximal），及一遠離說話者的遠稱（distal）。然華語的「這／那」與英語的 this/that 卻並非一對一的對應關係。觀察以下例子，試想其非對稱的可能原因。

a. 你今天戴的**這**條項鍊還眞漂亮。

"**That** necklace you wear today is really beautiful."

b. 你脖子上戴的**那**是什麼東西啊？

"What is **that** you are wearing on your neck?"

第六章 ▶ 事物概念的類型 —— 名詞

第一節　概　論 ●------------------------------

　　名詞（noun）用來指涉概念類型中的事物（thing），
事物又可分爲物件（object）和物質（substance），而英
語跟華語使用不同的策略反映物件與物質的差異：英語表
現在可數名詞（count noun）和不可數名詞（mass noun）
的形式差異，華語則完全靠數量詞來表示。然物件和物質
之間的差異常是模糊不清的：物件可以漸漸變成物質，物
質也可變爲物件。這樣的模糊性是討論名詞時最令人感
興趣的問題之一。另外，兩相關聯的概念，如 marry「結
婚」到 marriage「婚姻」，便是借助具象化（reification）
概念轉移的結果。

 第二節　分辨物件和物質 ●------------------------------

　　事物主要的特質在於概念層次的獨立（independence）
和自主（autonomy），而事物有兩種類別：物件與物
質，物件如「車子」和「金塊」；而物質則是像「交通」
和「金粉」。我們可以透過三項準則來分辨物件和物質：
一、有界性；二、內部組成；三、可數性，這三項準則彼
此相互關聯。

一、有界性

事物如車子（car），其在知覺上有清晰的輪廓，具有完形的特質。有界性（boundedness）即用來描述如此輪廓清楚、離散且個別的物件，其界線清楚易辨，可以容易數出數量，也因而是可數名詞。相反地，水（water）這種物質，它持續不斷，不能個別存在，且是沒有界線和無形狀的液體。沒有界線的物質要能辨認出它的界線並將其視作一個物件，就必須為它提供界線，手段上就需使用有界的容器來描述，例如浴室裏有一桶水，「桶」這個容器提供了水的界線。

二、內部組成

物件和物質也可以依其內部組成（internal composition）來區分。物件的內部組成具異質性（heterogeneous）：一輛汽車（a car）由許多不同部分組成，合在一起才能發揮效能，故在英語中為可數名詞。如果一輛車被帶往汽車回收場將它有用的零件移除，它就不再是一輛車，而是汽車殘骸（car wreck），內部組成為同質性（homogeneous）的物質，因而為不可數名詞，就像水一樣。我們的日常經驗不會特意分辨組成水的成分。水在不破壞其本質的情況下可以被任意展延、萃取或分開，但每個部分仍然是水。物質是可分割的，因此可以以量詞量化分割的部分，可以說一滴水（a drop of water）、一桶水（a bucket of

125

water）、一堆破銅爛鐵（a lot of scrap）。

三、可數性

可數性（countability）意指能夠辨別相同類別不同的實體，讓它們能夠在概念上被複製和數算。實體可以是單一的（uniplex）如一棵樹，或多元的（multiplex）如三棵樹。大多數物質並非個別存在，且只能被分割為同種的一部分。比方說，水不能夠被拆開成分散且個別的部分，分開的部分其組成物還是一樣。我們每次只能看到大量的水，所以沒有辦法去數算它。以上有界性、內部組成和可數性三項準則讓我們得以區分物件及物質，整理如下表6-1：

表6-1　區別物件和物質的三項準則（原始資料取自：
　　　　Radden & Dirven, 2007, p. 66，表4.1）

	物件（e.g. car）	物質（e.g. water）
有界性	離散且個別	聚合且完整
內部組成	異質性 由部分到整體	同質性 由整體到部分
可數性	可加乘 單一的、多元的	不可加乘

四、可數名詞和不可數名詞

概念上區分物件和物質，英語可透過區分可數名詞與不可數名詞，也可依據此兩種類型的名詞的語法表現。car 和 traffic 的語法差異對照羅列在表6-2，分別有五個：（一）表數的可能、（二）形成複數的可能、（三）量詞的使用、（四）冠詞的使用、（五）不用冠詞。前三項區分可數名詞與不可數名詞的準則與可數性相關；後兩項則是與指稱有關。

表6-2　英語可數名詞與不可數名詞的語法表現（原始資料取自：Radden & Dirven, 2007, p. 66，表4.2）

	可數名詞	不可數名詞
表數的可能	one car	*one traffic
形成複數的可能	five cars	*five traffics
量詞的使用	There aren't many cars. There are few cars today.	There isn't much traffic. There is little traffic today.
冠詞的使用	a car / the car	*a traffic / the traffic
不用冠詞	*Car is a problem today. Cars are a problem today.	Traffic is a problem today. *Traffics are a problem today.

複數可數名詞與不可數名詞之間的共同語法表現並非偶然，它反映了多元物件的集合與同質內容物在概念上的類同，而我們在認知上也得出相同的結論。當我們從遠方看到一群人或物件，他們相互交疊，看起來就像是一件大型的物體。舉例來說，當數以百計的車輛從車道快速通過，我們看到的不再是個別的形體，而是沒有界線、同質的交通車流。於是，車輛在這種情況可被指稱為不可數名詞 traffic。由於在概念上的類同，複數可數名詞和不可數名詞在某些時候可以藉以表達相似的事物。Noodles 表達可數物件，spaghetti 則表達不可數的物質。然而華語不以語法上的標記來區分可數或不可數，可數的概念反映在數量詞上。華語若要區分單一物體的話會在名詞前以「一」搭配分類詞的方式呈現，比方說一本書、一張紙或一棵樹等；而要表達複數則是兩本書、三張紙或四棵樹。

典型物理性的物質為無界性、同質且不可數。液體如油、血液；氣體如蒸氣；織物如棉、羊毛；材料如鋼、木頭等都是代表物質很好的例子。不同的物件，比如桌子、椅子、床和櫃子，可納進不可數名詞家具（furniture）。透過分類結構可觀察上位詞和基本層詞彙所表現的物件與物質的互動。如表6-3所示，這樣的互動能得出四種可能：

表6-3　物件與物質的分類結構（原始資料取自：Radden & Dirven, 2007, p. 69，表4.4）

	(1)物件	(2)物質	(3)物件	(4)物質
上位層次	玩具	食物	飲料	家具
基本層次	玩偶　鞦韆　球	麵包　魚　肉	牛奶　酒　果汁	桌子　椅子　床
	物件	物質	物質	物件

　　其中如（3）是由為物件的飲料在上位詞，為物質的牛奶、酒、果汁在基本層。飲料可用一瓶或一罐來描述，或者裝在飲用容器如杯子、馬克杯、酒杯等。若我們談論的是上位層次的飲料，我們常常想到的是有界形式但內容物不同的東西，所以英語可以用可數名詞表達 a drink。相反的，基本層次的詞彙如牛奶、酒、果汁描述的是同性質物質，即便它們能被裝在容器裡，在英語仍是不可數名詞 milk、wine、juice。家具也是有物件與物質的特質，如椅子、桌子、床是物件，為可數名詞 chairs、tables、beds，上位層次的詞彙與物質相似，在英語是不可數的 furniture。

第三節　物件與物質的融合

　　英語的 furniture 讓我們理解到事物能包含物件與物

質的概念，有這樣特性的名詞可稱爲混合名詞（hybrid noun），能夠用物件連續體（a continuum of objects）來說明。物件與物質在概念上的區分很具彈性。物質有時候以小部分、個別的形式出現，而我們通常會將它們與物件聯想在一起。英語通常以包含容器或測量單位的部分結構描述一部分的物質：a drop of rain（一滴雨）、a cup of tea（一杯茶）、a piece of chocolate（一塊巧克力）等，物質與其概念特色連結或測量單位是約定俗成的，華語的分類量詞選用如「塊」、「滴」也是約定俗成。有時視作物質的事物如啤酒（beer）能夠被當作物件，可以用可數名詞表達，華語以量詞來呈現。當要點啤酒時，英語可以說 Can I have a beer？，華語則可以說「再給我一杯好嗎？」只需說啤酒使用的量詞即可。而當說話者說我想要再喝啤酒，這時說話者把啤酒當成物質來表達。一旦物質被認作物件，自然就能夠有複數形。因此，英語也可以說 three beers。

反之，如蘋果（apple）這類一般視爲是物件的可數名詞，也可以被當成物質以不可數名詞表達，英語說 There is apple in the salad，華語則說沙拉裡有蘋果。然將物質視爲物件不是那麼的普遍。以下是兩個華語的例子：

1　a. 我們午餐吃了<u>鱈魚</u>。　　　　　　〔領域：食物〕
　　b. 小明今天讀了好幾十頁的<u>金庸</u>。　〔領域：閱讀〕

消弭物件的概念界線模糊了整體和內部組成。當鱈魚端上桌時，我們就再也無法辨別出鱈魚作為脊椎動物的身體。作為物質，（1a）的「鱈魚」變成了「食物」領域的一員。同樣地，（1b）的物質「金庸」則屬於「閱讀和文本分析」領域。

第四節　集合名詞：多元組成的物件視作單一組成

集合名詞意指一群由個別成員組成的群落或集團，如排球隊或陪審團。我們的心裡常將這些由個別成員組成之群落，視為在某個特定領域裡的實體。因此，排球隊選手可被視作群體，是因為他們在運動領域有著相同的目標。集合名詞能從兩個面向描述多元組成的物件，我們可以將「群體」擺在前景的位置、「成員」則在背景，反之亦然。英語集合名詞的概念常可藉由動詞來區別其指的是群體抑或成員；而華語的集合名詞表達在概念上，如果要指群體中的成員可能會透過其他方式表達。如（2a）指的是整個排球隊表現的結果，（2b）「那個排球隊的」指的不是排球隊，而是其中的某名隊員。（2c）中的「家庭」指的是群體的概念，若要指個別的家庭成員，則會以（2d）中的詞彙「家人」表達。

a. 排球隊出國比賽獲得佳績。

b. 那個排球隊的很惹人厭。

c. 颱風帶來的災害使得這個區域的200戶家庭一夕之間居無定所。

d. 颱風帶來的災害迫使家人面臨生離死別。

　　另外，我們也可以將單一事物視爲多元組成，其背後動機在於它有清楚、不會錯認的個別成分。電視上的晚間新聞則是由許多條新聞組成，因此可以被稱作 news（複數形），如下面的例子（3）。而英語以-ics 結尾的字如 politics（政治）與 linguistics（語言學）從其源頭希臘文或拉丁文來看，本來就是複數形，這些名詞描述同一領域下還有不同分支的研究。多元組成事物在語言表現上，以名詞爲複數形但搭配的卻是單數動詞，來證明其具有混合特性。

This is the nine o'clock news.

　　值得一提的是，英語裡有複數唯一形的現象，與之搭配的另外一組需要複數一致。這個組別包含：雙面物件（dual object）、多重物件（multiple object）以及成堆物件（amassed thing）。物件由兩個突出的對稱部分組成

可以視作多元組成，此種雙面物件通常來說為複數名詞（glasses、scissors、pants、lungs 等）。物件包含一些個別元素也可視作多元組成，多重物件的個別元素普遍都是可被量化的，所以也可以被數。因此，我們可以說很多所有物、貴重物品、景觀與雜貨。複數形名詞 wages（薪資）也是一件多重物件。鬆散聚集在一起的特定成堆事物也可以組成多重物件，以複數形名詞表達。個別元素在成堆物件中較容易被區分開來，如 manure（馬糞）就可以當成散落一地且又有個別形狀的馬的排泄物。而一坨馬糞因被視作單一組成物件而可被當成普通可數名詞。其他成堆物件例子還有：茶葉、廚餘、燕麥。我們可將單一組成——多元組成連續體上不同的物件類型以圖6-1表示。在連續體兩端實線的圓圈直截了當地表示物件；而被大圓圈

單一物件	多元物件視作單一集合		單面向與聚集物件視作多面向		多元物件
單數	集合		唯一複數		複數
Nsg-Vsg	Nsg-Vsg	Nsg-Vpl	Nsg-Vsg	Nsg-Vpl	Nsg-Vpl

A car is coming.   *The board meets today.*   *The police are here.*   *The news is real.*   *Our wages are low.*   *Three cars are coming.*

圖6-1　物件單一至多面向連續體（原始資料取自：Radden & Dirven, 2007, p. 78，表4.6）

包圍的小圓圈則為物件的混合狀態，實線代表混合物的觀念較重要，若為虛線則表示混合物的觀念不這麼重要。英語強調名詞和主詞必須一致，但混合名詞 news 卻用單數動詞。

 ## 第五節　抽象名詞：具象化事物

　　大多數的抽象事物都是依靠其關聯概念而被界定為事物。舉例來說，和某人結婚所建立的此種關聯，讓我們可以談論被界定為物件的婚姻。從表達其關聯的概念轉為事物，這樣的概念移轉被稱為具象化（reification）。它也包含從相關的實例到事物的隱喻移轉，使我們看見本體存在的關聯，因此這種類型的隱喻移轉被稱作實體隱喻（ontological metaphor）。既然關聯對於概念核心和情況十分重要，實體隱喻讓我們瞭解關於事物的事件和敘述。舉例來說，婚姻當成是事物表達，就如同我們對待房子內部的實體事物一般，所以我們會說：「我們的婚姻很穩固／堅定／一團糟」。關聯概念轉為事物的概念移轉或具象化有相對應的語言表現，稱作名物化（nominalization），是從詞類提取抽象名詞或生成抽象化名詞的過程。名物化的抽象名詞通常提取自動詞、形容詞或名詞：marriage「婚姻」提取自動詞 marry「結婚」、happiness「快樂」取自形容詞 happy「快樂的」、friendship「友誼」提取自名詞 friend「朋友」。

具象化概念給了關聯概念穩定的存在，使得我們得以與事物連結。我們可以在一段婚姻裡具象化事物如我們指稱電腦一般，因此我們可以說一段新婚如同說一台新電腦，也可以量化許多段婚姻和許多台電腦。同時，具象化事物保留了它們本來與事件的關聯，與處在過程當中的兩項特點：具象化事物有起點、過程與終點，可以透過時間表達。因此，我們可以談論從1990年開始，維持了二十五年，在2015年劃下句點的一段婚姻。

　　如同具體的事物，抽象事物可以被解釋為物件或物質，因此也就能夠以可數或不可數名詞表達。然而，對抽象名詞來說，可數和不可數的界線相當模糊；抽象事物缺少突出的物理特徵，因此常常變換分類。以 pain 來說，可以被看成是物件如（4a），或者物質如（4b），例子（4a）指的是人體某部位所感覺到的疼痛，這種疼痛的感覺有一定的界線，因此可編碼成可數名詞。（4b）的不可數名詞指涉的是普遍且並未特別區分之身體上或心理上的痛苦，這種感覺並無界線可言，所以視為物質。而華語的例子如「失敗」也有類似的表現，（4c）的「失敗」是某段經驗，而該經驗具有開始與結束，所以可以用「一次」修飾；（4d）的「失敗」則是不可數，含括的範圍廣泛，且並未特定指涉是什麼樣的失敗。

135

4　a. Jane has a terrible pain in her back.

b. Jane is in great pain.

c. 一次失敗並不會影響你的人生價值。

d. 失敗爲成功之母。

第六節　事物概念的量：量詞初探

　　若欲探討事物概念的量，除了可透過前面第二節我們曾提到可數與不可數表現外，還可以藉由量詞表達。這裡我們以英語爲範例，英語存在兩種主要表示事物概念的量的類型：群體量化（set quantification）與級數量化（scalar quantification），而它們分別有對應的量詞（quantifier）。群體量化指的是與次群體相關聯的完整群體之間的量，可以透過 all、most、every、each 與 any 表達，仔細觀察以下例子：

5　a. All students should be required to volunteer in the community.

b. Every student has the right to an education.

c. Each student at this college studies at least one foreign language.

d. <u>Any student</u> caught cheating on an exam should be automatically dismissed from college.

　　例句（5a）使用 all 作爲量詞時，我們等同將群體所有個體之集合視覺化，因此，我們可以稱這樣的量詞爲集合量詞。all「全部」結合了集合的概念與分派個體成分，分派意指從集合選出並關注群體的個別成分上。接著，例句（5b）與（5c）中的 every 與 each 則關注與群體所有相關聯的個別成分。量詞 every 與 each 因此可被稱作分派量詞，every 與 each 能夠讓群體當中的個體成分凸顯而出，這也是爲何與之搭配的總是單數名詞。而例句（5d）中的 any 假定了任一群體當中的個別成分都可以被選出來代表群體所有，這樣的量詞被稱作選擇性量詞，因此例句（5d）意指「不管是選了哪個學生，他若被抓到作弊都必須自動退學」。

　　級數量化指的是沿著某個級量下的數量，可以經由 many 與 few 描述。這兩種量化方式跟部分量化亦有相關，觀察例句（6）：

6 a. <u>Many refugees</u> were seeking shelter on the Greek-Macedonian border.

b. <u>Many of the refugees</u> became hopeless under the present circumstances.

137

此二句中難民的數量皆被描述為 many，但實際數量當然有所區別。這樣的區別為我們對常態的認知不同所造成。如例句（6a）我們衡量難民的數量來自我們對因戰亂而引起的救濟行為擁有不同的文化知識。many 可能指的是高於常態的數量，如果在我們的文化中認定戰亂底下的難民通常人數為1000到2000人左右，那麼（6a）難民的人數可能為4000人以上。同樣的在例句（6b）也反映著我們對難民現況更為無助的人數也來自兩種可能的常態假設：一為我們對難民人數上的假設，二為我們對可能轉變為難民所占的比例的假設。而以下為幾個常用的級數量詞，反映著不同程度語法化現象的混合表達方式。有些量詞前接冠詞 a，觀察下列例句：

7　a. There are <u>few</u> fans who remember the singer.
　　b. There is <u>little</u> care left for me in your heart.

8　a. There are (still) <u>a few</u> fans who remember the singer.
　　b. There is (still) <u>a little</u> care left for me in your heart.

　　例句（7）接在（光桿）量詞 few 與 little 之後的名詞為非特定的指涉物，而例句（8）中的 a few 與 a little 後接特定的指涉物，因為冠詞 a 讓這組句子能夠充分地

表達目的，通常前接肯定副詞。此外，級數量詞的範圍通常不會有所限制，如果說話者想要細緻地區分級數的量，也可以藉由使用副詞如 quite、very、about、rather、fairly、roughly 等。比方說能夠以 of 短語所描述的 most of the books。在英語裡，群體量化使得我們可以從不同的面向如分派量詞、選擇量詞等理解數量；級數量詞則透過數目量詞與數量量詞描述物件與物質的量。

 ## 第七節　總　結

　　事物作爲概念單位能夠被分成物件與物質，對應到語言上的分類爲可數名詞與不可數名詞。它們依照三項準則：有界性、內部組成與可數性來區分。物件在某領域裡爲有界線、具異質化的內部組成和可數的；而物質則沒有界線，內部組成同質化，且爲不可數。典型的可數名詞有物件的特質，而典型的不可數名詞相反地有物質的特質。混合名詞被置於概念連續體上：一端爲事物的物件～物質之間的連續體，另一端爲物件的單一組成～多元組成連續體。混合名詞在事物的物件～物質之間的連續體裡，能夠將物質認作是物件，比方說三杯啤酒；或者將物件認作是物質，比方說：很多輛車。又混合名詞在物件的單一組成～多元組成連續體裡，則能夠將多元組成的物件認作單一組成物件，而單一組成物件或成堆物件可以被認作多元組成物件。前一組可以用集合名詞表達，如由不同成員組

成的排球隊。抽象名詞會從動詞、形容詞或名詞而生，此種構詞過程為名物化。抽象名詞「婚姻」由動詞「結婚」而來。所有抽象名詞皆可具象化，也就是作為一種實體隱喻，能夠讓人瞭解事物的關聯概念或情況。至於事物的量化，有群體或級數兩種主要的類型，均有不同的語言形式來表現。

 練習題

1. 英語在概念上區分物件和物質可透過可數名詞與不可數名詞。翻開辭典，查找下列名詞為（i）可數名詞、（ii）不可數名詞或（iii）兩者皆是。

   a. literature   b. champagne

   c. character   d. romance

   e. hatred   f. moor

2. 多元組成的物件能夠以集合名詞的概念視作單一組成。以此概念寫出能表示下列事物的集合名詞：

   a. soldiers

   b. cows or bulls

   c. stars

   d. the common people in the court of law judging the defendant's guilt

   e. believers in temple

   f. rulers of the country

g. ministers of the organization

h. organization of teachers

3. 英語中常透過群體量化與級數量化表現事物的量，而其中選用何種量化事物的方式常與語意有關。觀察以下句子解釋何以句子（a）的語意比句子（b）適當？

a. All soldiers gathered on the battlefield.

b. *Every soldier gathered on the battlefield.

第七章 語意角色與述語類型

　　每個句子都含有特定的訊息，但是同樣的訊息可以用不同形式的句法結構來表達，也可以出現在句子中的不同位置上。一個句子可以包含一些必須或者可選擇的句法功能分別是主語（subject）、述語（predicate）、賓語（object）、補語（complement）或狀語（adverbial）。下表是對句子的句法分析：

表7-1　句子的句法分析

主語	述語	賓語	狀語
A window	broke.		
John	broke	a window.	
The cat	is		under the table.
Jane	put	a book	on the desk.
楓葉	紅了。		
華盛頓	砍了	家裡的櫻花樹。	
老師	坐在		講臺上。

　　語意分析處理語意內容，上面的例子都包含一個述語和數目不一定的論元（argument），述語可以是動詞、形容詞、介詞或者名詞短語，以一個公式——述語〈論元1，論元2，論元3……〉來表現，上述句子的論元結構即

可以如下表示：

BREAK 〈a window〉
BREAK 〈John, a window〉
UNDER 〈the cat, the table〉
PUT-ON 〈Jane, a book, the desk〉
紅 〈楓葉〉
砍 〈華盛頓，櫻花樹〉
坐 〈老師，講臺〉

第二節 語意角色

一個述語的（不同的）論元被稱為述語的角色或參與者（participant），依參與者在情境中擔任的角色，以下是幾個最常見的語意角色（semantic roles）及其定義：

施事（agent）：執行影響其他實體的行為
主事（actor）：執行不影響其他實體的行為
受事（patient/affected）：經歷事件變化或受其他實體影響
對象（affecting）：不帶任何主動影響他物行為的實體
主體（theme）：述語的主題，但是該述語不表達行為

感事（experiencer）：經歷感知、感覺或其他狀態

繫事（associate）：揭示另一論元的狀態或特性

結果（effect）：在述語的行爲中形成（增量主體）

方位（location）：行爲發生的處所

終點（goal）：位移的目標

源點（source）：位移的起點

工具（instrument）：行爲發生所藉助的工具

表7-2就每個語意角色分別舉例：

表7-2　語意角色舉例

語意角色	例句
施事	Jason broke his leg last week. 小明打破了花瓶。
主事	Lily left. 小紅丟了一個錢包。
受事	Jason broke his leg last week. 小明打破了花瓶。
對象	Lily likes cheese cake. 老闆非常信任小李。
主體	Betty is a teacher. 小李是董事長的司機。 The dictionary is on the table. 楓葉紅了。

表7-2　語意角色舉例（續）

語意角色	例句
感事	Lily likes cheese cake. 小紅得了感冒。
繫事	Betty is a teacher. 小李是董事長的司機。
主體、 繫事	Betty is Jason's mother. 月亮是地球的衛星。
結果	Bery baked a cake. 曹雪芹寫了《紅樓夢》。
方位	The monkey climbed a ladder. 他在木柵租房子。
終點	Jason headed the ball into an open goal. 小明把球投進籃框了。
源點	Jason borrowed the book from Lily. 小鳥從籠子裡飛了出來。
工具	Lily opened the door with a key. 他用小提琴演奏了貝多芬的《命運》。

 第三節　述語類型

　　一個述語所能擁有的論元數量稱為該述語的配價
（valency），根據論元的數目及角色，述語可分為不同
類型。

　　零價（avalent）：英語的天氣動詞如 rain、snow、

sleet、thunder 以及天氣形容詞如 windy、rainy 是零論元述語，即零價的述語。

1 a. It's raining.

b. It was rainy.

一價（monovalent）述語：不及物（intransitive）動詞是單論元述語，稱為一價述語，如英語中的 giggle（傻笑）、hum（發低哼聲）、shiver（顫抖）、weep（哭泣）、whistle（吹口哨）、work（工作），華語中的「睡覺、跑步、生長、出現」等也是，以下的例子均是「論元──述語」的句法結構，但語意角色有些不同。

2 a. The dog is barking.（主事──行為）

b. Tom was weeping.（主事──行為）

c. 水還沒開。（受事──事件）

d. 孩子醒了。（感事──事件）

一價形容詞中，有許多用來形容存在的狀態，例如英語中的 cold（寒冷的）、empty（空的）、tall（高的）、heavy（沉重的）、blond（金髮的）和華語中的「炎熱、溫暖、魁梧」等詞，以及其他一些涉及主觀評價的形容

詞，例如英語中的 impatient（不耐心的）、careless（粗心的）、clever（聰明的）、thoughtful（體貼的）、pretty（漂亮的）、tiresome（無聊的）和華語的「迷人的、好客的、善良的」等。下面的例子句法結構一樣均是「論元──述語」，而主語都是所描述事件的主題或主體，因此語意結構均是「主體──描述」：

3
a. The luggage is heavy.

b. She is beautiful.

c. 屋子裡很溫暖。

d. 這場演講很無聊。

同樣，英語 be 動詞、華語係動詞後面的指涉表現也是單論元述語，下列例句句法結構亦為「論元──述語」，語意結構為「主題──身分」。

4
a. John Smith is a banker.

b. Jack is their captain.

c. 張先生的妹妹是一位大學教授。

二價（divalent）述語：及物（transitive）動詞是雙論元述語，論元的語意角色也很多樣。以下的例子均是雙論

元，語意結構也有所不同。

5
a. The cat caught a rat.（施事——行爲——受事）

b. Vincent Van Gogh created *Starry Starry Night*.

（施事——行爲——結果）

c. They climbed the highest mountain.

（主事——行爲——處所）

d. 飼養員正在餵大象。（施事——行爲——受事）

e. 目睹災難的她親自創作了這首歌曲。

（施事——行爲——結果）

f. 大學部的同學今天參觀了自來水公司。

（主事——行爲——處所）

　　有一類心理動詞，論元角色包含受刺激影響的實體及刺激物，這類動詞有兩種句法結構的呈現。（6a）和（6b）是「刺激物——受刺激影響的受事」的結構。（6c）和（6d）是「受刺激影響的受事——刺激物」的結構。形容詞加介詞的結構能夠形成如（6e）和（6f）的論元結構。

6
a. The film impressed us.

b. 弟弟一句話把大家都逗笑了。

c. The queen was envious of Snow White.

d. 兩個孩子被花花綠綠的貼紙吸引住了。

e. Jane was angry with Tom.

f. We were not aware of the note.

　　另一類是連謂結構（relational predicate），指示空間、時間或社會關係，述語充當了兩個論元間的連繫紐帶，以下的例子語意結構是「主體──繫事」，繫事也概括了尺寸、重量、價值等的測量方式。

7

a. Peter is like his father.

b. The bank is near our office.

c. The party will be on Saturday.

d. 這本書是介紹歐洲的風土人情。

e. 小明的媽媽是政大的教授。

f. 行李重28公斤。

　　二價以上：述語決定了句子所要表達的語意和論元所扮演的角色，許多二價以上的述語，表達了從一個地方到另一個地方的位移，過渡述語表達了兩個地點間的來或回，轉移述語則表達了將一個實體從一個地方或一個人手裡到另一個地方或另一個人手裡。過渡述語（transition predicate）包含主體或主事、源點、終點、路徑等語意角

色,但句法表現的語意結構稍有不同,如例子(8c)。轉移述語(transfer predicate)比過渡述語多了施事的語意角色,如例子(8d)。

例 8

a. The bus goes from the park to History Museum.
（主事——源點——終點）

b. The bus comes to History Museum from the park.
（主事——終點——源點）

c. The bus travels along this street from the park to History Museum.（主體——路徑——源點——終點）

d. Jim drove the bus from Taipei to Tainan by the way of Nantou.（施事——主體——源點——終點——路徑）

　　語意角色提供了描述主語、賓語等句法功能的途徑,通常來講,主語往往是行動者,賓語往往是受事者,但是也很容易找出例外。語意角色在句法層次上應該出現在那個位置,涉及語意及句法的映射議題,菲墨爾（C. Fillmore, 1968）提出活動層次理論(activity hierarchy)——施事>工具>感事>方位>主體／受事——相對來說,施事比起其他語意角色,最有可能放在主語的位置,依此向右類推。在英語中,主語是必須存在的,即使當一個句子只包含一個名詞短語時,這個名詞短語也會自動成為主語。層次理論解釋了為何在下列例句中,即使主語扮演了不同的角

色，它仍然是句子中最活躍的成分。

例 9
a. 爸爸用斧頭劈柴。（主語為施事）

b. 這把斧頭鏽得劈不了柴。（主語為工具）

c. Penny opened the door.（主語為施事）

d. The door opened.（主語為受事）

e. Penny saw the incident.（主語為感事）

f. Tom frightened Penny.（主語為施事）

 第四節　論元的變化 ●- - - - - - - - - - - - - - - - - -

　　一個述語的語意決定了究竟能擁有多少論元及必須要擁有多少論元，例如二價述語在句法層次上就必須要有兩個論元出現，雙論元動詞往往需要兩個論元的述語，例如 need、want、訪問等，如下列例句所示。

例 10
a. She needs some soda water.

b. Penny wanted to go back home.

c. 最近蔡先生訪問了一些貧困山區的兒童。

　　但有時候語境會讓有些論元可以出現配價的變化，

來表達不同的訊息量，如下例所證，例句（11a）比例句（11b）和（11c）傳遞更多訊息：（11c）只說明了施事者小明寫了一封信，（11b）只說明小明寫給媽媽，而（11a）完整說明小明寫了一封信給媽媽。

11　a. 小明寫一封信給他媽媽。

　　b. 小明寫給媽媽。

　　c. 小明寫了一封信。

　　動詞 eat 也是雙論元述語，但是吃的對象往往可以省略，尤其是當它可以透過上下文推斷時，下面兩個句子的不同點只在於它們的訊息量的多寡。

12　a. We ate lunch (outdoors).

　　b. We ate (outdoors).

　　有些述語如 bathe（沐浴）單獨出現不帶賓語時，是帶反身語意的動詞，因此，句子（13a）指 Mary 在洗澡，而句子（13b）指 Mary 給嬰兒洗澡。

13　a. Mary bathed (in the tub).

　　b. Mary bathed the baby (in the tub).

華語中沒有這樣的例子，但是華語中有一類詞既可以作不及物動詞、也可以作及物動詞的述語也很常見，如下列例子。

14　a. 國家在發展。

　　b. 國家努力發展農業。

　　另一組述語可以有二價或三價的句法映射，（15a）例句是使動用法，而（15b）則是啟動用法。

15　a. John rolled the ball (down the hill).

　　（施事──行動──受事）

　　b. The ball rolled (down the hill).（受事──行動）

　　有些表明所有權改變的述語如送（give）、授予（award），允許兩種句型的表達，直接賓語在前，間接賓語在後由介詞「給」標示，或間接賓語在前直接賓語在後。改變所有權的述語如聚焦於源點像是 receive（接收）、accept（接受）則顛倒上述語意結構，表終點的名詞短語是主語，表主體的名詞短語是動詞的賓語，表源點的名詞短語由 from 引入。

16　a. 老師送一本書給小明。

　　　（施事<=源點>——行動——主體——終點）

　　b. 老師送了小明一本書。

　　　（施事<=源點>——行動——終點——主體）

　　c. Penny received a present from her husband.

　　　（施事<=終點>——行動——主體——源點）

　　d. Tom accepted the trophy from the school.

　　　（施事<=終點>——行動——主體——源點）

　　有些轉移述語會因呈現伴隨論元的句法結構不同而有訊息傳遞的變化，試著比較下列句子 load（負載）和 pack（包裝）兩詞，前兩句語序是「施事——行動——受事——地點」，負載或包裝的東西在動詞後面，是受事的語意角色，地點則跟在受事之後，由趨向介詞 onto/into 引進。後兩句語序是「施事——行動——受事——方法」，原來的地點現在出現在動詞之後，是受事的語意角色，而負載物／包裝物跟在地點之後，變成是方法，由介詞 with 引進。

17　a. Those workers loaded hay on (to) the truck.

　　b. Mary packed some notes in (to) my briefcase.

　　c. Those workers loaded the truck with hay.

　　d. Mary packed my briefcase with some notes.

這兩種句型稱爲位置性論元易位（locative alternation），易位後兩個句型產生了不同的語用功能，緊跟在動詞之後的直接賓語是受更多影響的受事論元，同時其主題性比另外一個放在介詞之後的角色高，因此，就會帶來完整性效應（completeness effect）的語用功能。請比較下列例子，（18b）顯得不通順就是這種效應造成的，前半句會帶來「truck 已經裝滿」的語意，後半句的表達就有點衝突。同樣的，（18c）也有「lumber 已搬完」的解讀，後半句也有語意矛盾之處。

18　a. They loaded the truck with lumber, and it drove away.

　　b. ??They loaded the truck with lumber, but it was not fully loaded.

　　c. ??They loaded lumber onto the truck, and there was some left on the ground.

　　d. They loaded lumber onto the truck, and it was the best this year.

 練習題

1. 請就下列句子辨別何者語意角色組合爲「主事 + 行
   爲」或「受事 + 事件」：

   (1) My back aches.

   (2) All animals breathe.

   (3) Victor is (always) complaining.

   (4) Valeria fainted.

   (5) The pond froze (last night).

   (6) The woman frowned.

   (7) They gossip (a lot).

   (8) Abby hurried.

   (9) The lock has rusted.

   (10) You were snoring.

2. 下列例句皆爲一動詞搭配雙論元，且該動詞亦可只搭
   配一個論元。判斷下列各句動詞的表現(i)與 eat 相似、
   (ii)與 bathe 或 roll 相似、(iii)上述(i)與(ii)情況皆有：

   (1) Mary woke her husband (at seven o'clock).

   (2) Our team lost the game.

   (3) The boys are flying kites.

   (4) They played tennis (all afternoon).

   (5) The heat melted the paraffin.

   (6) Mr Carson started the car.

(7) David rang the bell.

(8) Allen wouldn't help us.

(9) Yolanda weaves tablecloths (for pleasure).

(10) Did your barber shave you?

第八章 時制時貌及情態系統

第一節　概　述

　　本章介紹句子層次中三個重要的語意系統，稱爲 TAM 系統，包含時制（tense）、時貌（aspect）及情態（modality）。前兩者標示句子表達的事件發生之時間，而情態表達說話者對事件或情境之態度。事件或情境有特定的參與者及特定的時間結構，說話者從不同的視角經歷事件和情境，因此他們對這些事件和情境的描述會有所不同。根據科姆里（B. Comrie, 1976），時貌是看待一個情境內部的時間連貫性的不同方式，而時貌與時制息息相關，時制是將情境指示的時間和其他時間連繫起來，尤其是和說話的時間連繫起來。另外，情態意義主要表現說話者對事件或情境的評論及態度。例如，我們可以談論什麼事可能是眞的或假的，什麼是應該或者不應該發生的；也可以談論某人能做到或者不能做到什麼，必須履行什麼義務，或者嚴禁從事什麼，這些概念共同構成情態。本章將依序介紹這三個句子層次的重要語意系統。

第二節　時　制

　　時制是以說話者視角來看待情境在時間軸上所處的位置，以說話的時刻作爲參照點，可以有三個基本時間面向：位於當下的現在時間、位於說話者之前的過去時間

以及處於說話者之後的未來時間，這三個時間面向稱為指示時間（deictic time），指示時間與說話時刻（speech time）有關，所描述的事件發生的時刻稱為事件時間（event time），事件時間可以與指示時間一致，也可以早於或晚於指示時間，現在時制（present tense）、過去時制（past tense）和未來時制（future tense）稱為簡單時制（simple tense），如圖8-1所示。

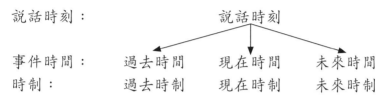

圖8-1　指示時間：事件時間相對說話時刻

　　並不是所有的語言都包含這三種時制，有些語言中只存在兩種時制：過去時制和非過去時制（non-past tense），或者未來時制和非未來時制（non-future tense）。以下是英語三種簡單時制表達的例子：（1a）是簡單現在式，表達的是經常反復發生的動作或行為，在語言形式上看到第三人稱的動詞有-s 標記，（1b）是簡單過去式動詞有-ed 的標記，表達發生在過去某個時間的動作，而（1c）簡單未來式則表示將要發生的動作，動詞前有 will 標記。華語因為沒有英語的屈折變化來標記時制，時制的表現一般要藉助時間詞如每天早上、昨天及下

個月，如（1d），（1e）及（1f）例子所示。華語的時貌系統相對發達，在下節討論。

a. Hanna eats potatoes every day.

b. Harry talked to his doctor yesterday.

c. Henry will go to Japan next month.

d. 老張每天早上吃稀飯。

e. 老李昨天去看醫生。

f. 老王下個月去日本。

與簡單時制相對的是複雜時制（complex tense）用以表達複雜時間，說話者將指示時間之一視為參照點，位於參照點之前的為居先時間（anterior time），位於參照點之後的為居後時間（posterior time）。複雜時制涉及兩組關係，第一組是說話時刻與指示時間之間的關係，第二組是作為參考點的指示時間和居先或居後事件之間的關係。

居先時間用完成時制（perfective）表達，包括現在完成式（present perfect tense）、過去完成式（past perfect tense）和未來完成式（future perfect tense）；居後時間則用前瞻時制（prospective tense）表達。圖8-2展示了六種複雜時制[1]：

---

[1] 完成及前瞻應該屬時制或者是時貌系統，學者們看法不一，世界上

居先時間表達立足某一參考時間點回顧過去，例句（2a）-（2c）分別表達了發生在現在之前、發生在過去某個參考時間之前、發生在未來某個參考時間之前的事件。

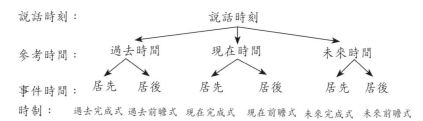

圖8-2　複雜時間：事件時間相對參考時間

2　a. The rain has just stopped.（現在完成式）

b. The rain had stopped when we arrived.（過去完成式）

c. The rain will have stopped by the time we get there.（未來完成式）

居後時間表達立足某一參考時間點展望未來，（3a）和（3b）表明了 Jane 分別在現在和過去某個參考時間決定稍晚的時候去看電影的打算。相對來說，（3c）以未來前瞻式表達非常罕見，因為某人會在將來某一時間決定做某事較不符常理。

―――――――――――

的語言也有不同的語言表現。本書以英語為例，將其歸為複雜時制。

3

a. Jane is going to watch a movie.（現在前瞻式）

b. Jane was going to watch a movie.（過去前瞻式）

c. ？Jane will be going to watch a movie.（未來前瞻式）

第三節　時　貌

　　時貌揭示事件或情境的內在結構和活動的狀態，正在發生、已經完成、重複發生均有不同的表現。時貌可藉由詞彙和語法表現，動詞詞彙語意的內部特徵即表達時貌意涵，如德語 Aktionsart 即用來標示各種述語的固有時間特徵。舉例而言，下列（4a）-（4d）均爲過去式，差別只有動詞，但表達的時貌意涵卻不同，learned 表示完成，knew 表示狀態，threw 表示持續一段時間的活動，而bounced 表示僅此一次的行爲，或者一直重複的行爲。這些差異完全來自動詞本身。有時候動詞詞彙相同，但主語不同也會帶來時貌意涵的不同。如同樣是 arrived，例句（4e）單一個人如 Jane 表示單一性的到達事件，而例句（4f）複數的 people 表示「到達」的這個事件是多重性的。

4　a. John knew it.

　　b. John threw the ball.

　　c. John learned it.

　　d. John bounced the ball.

　　e. Jane arrived.

　　f. People arrived.

　　時貌也會因爲整個句子的組合語意不同而產生差異，比較下面的例子，句子（5a）-（5d）描述永恆不變的眞理，這些永恆眞理是普遍而無時間限制的狀態。句子（5e）-（5h）僅限暫時狀態，前者稱爲永恆性（generic）時貌而後者稱爲偶發性（non-generic）時貌，某些特定時貌修飾語如 already 或 still 其語意表達時間已經改變，因此可以加到（5e）-（5h），但是不能加到（5a）-（5d）。Gill is already/still here. 可接受；但是 *Cats are already/still felines 則不可被接受。

5　a. Two and five make seven.

　　b. Cats are felines.

　　c. The Atlantic Ocean separates Africa and South America.

　　d. Birds of a feather flock together.

　　e. Gill is here.

f. I have a headache.

g. The company manufactures cellphone chips.

h. Sam seems happy.

 第四節　情境類型

　　萬德勒（Z. Vendler, 1967）和史密斯（C. S. Smith, 1997）提出三個屬性面向──動態性（dynamicity）、持續性（duration）、自然終點（telecity）將情境區分為五種類型，狀態（state）呈現非動態性，如沒有外力介入會一直持續，自然也就不具備自然終點，例如知道、相信或擁有；活動（activitiy）、瞬成（achievement）、完結（accomplishment）及短促（semelfactive）是動態的事件，活動與短促均沒有自然終點，差異在前者有持續性，而後者是無持續性的瞬時事件，例如跑步、游泳是活動，咳嗽是短促。瞬成與完結均有自然終點，差異在前者是無持續性的瞬時事件而後者是需要持續一段時間完成的事件，例如發現、抵達是瞬成事件，做一塊蛋糕、寫三封信是完結事件。以屬性總結來看，狀態呈現非動態性，其他事件呈現動態性；狀態、活動、及完結事件呈現持續性，瞬成及短促呈現瞬時性；瞬成及完結事件具有自然終點，狀態、活動及短促無自然終點，表8-1總結這五種類型，並將在下文一一介紹。

表8-1　五種情境類型

	Dynamic 動態	Durative 持續	Telic 自然終點
State 狀態	-	+	-
Activity 活動	+	+	-
Achievement 瞬成	+	-	+
Accomplishment 完結	+	+	+
Semelfactive 短促	+	-	-

 第五節　狀態情境 ●- - - - - - - - - - - - - - - - - - - -

　　狀態的存在，通常不需要消耗能量，並且能一直持續到能量消失從而改變狀態，下面的例子（6a）-（6d）均含有狀態述語。狀態述語表現典型的持續時貌，我們可以問狀態持續多久了，也可以使用表達時間長度的用法如一小時、整天、從聖誕節到新年、整個閱兵期間、她整個求學期間等。狀態一旦存在，除非有外力介入，否則會一直存在，因此具有時間區段同質性（homogeneous）的特性，如果小美今天一整天都很開心為眞，那麼在這天每個時間區段，小美很開心都為眞。

例 6

a. The children were happy.

b. Snow lay on the ground.

c. 人們排隊等著買新發售的蘋果手機。

d. 小美今天一整天都很開心。

　　一個持續未變的狀態持續一段不限定的時間，但是最終可能停止的情況，又可稱為不定持續狀態（indefinitely lasting states），典型形容不定持續狀態的述語包括：

　　a. 心理狀態：需要、渴望、盼望、想念、知道、相信、認為、希望、懷疑

　　b. 情感狀態：喜愛、討厭、喜歡、憎恨、快樂

　　d. 感官狀態：看見、感覺、（某物）感覺起來、聞起來、意識到

　　e. 性格狀態：對某人好、吝嗇

　　f. 擁有狀態：擁有、屬於

　　g. 存在狀態：包含、組成、存在、長得高、成為百萬富翁

　　h. 位置狀態：站、坐、躺、休息、延伸

　　i. 各種關係狀態：包含、類似、為人父

　　狀態持續存在沒有明顯變化，也無自然終點，沒有外力介入也不會結束而可視作是同質的，並且在一段不定時

間內是穩定持續的，因此大部分不定持續狀態都被看做是不限定時間，不具有隱含邊界。因此狀態通常不能與進行式連用，因為進行式對動詞在時間上有所限制，具體說明一個事件已經發生並在進行。表達一個人的特徵、行為或性格，心理動詞、感官動詞等通常不會用進行式，一旦狀態跟進行式連用，即會帶來短暫性或臨時性的語意，如句子（7a）及（7b）就聽起來不會那麼沒有禮貌，因為只是短暫的批評。句子（7c）的修飾語（more and more）使得進行式變得自然很多，甚至更加適合。華語的進行時貌常常添加修飾語如「正在」、「著」來體現，如（7d）及（7e）。

7
a. Bill is being stupid.

b. Gill was being extra stupid yesterday.

c. The boss is believing your theory more and more.

d. 他正在生氣，別去打擾他。

e. 一家三口無憂無慮地生活著。

慣常狀態指的是人類以規律的行為模式重複進行一系列行為，例如（8a）表達個人習慣，例子（8b）表達職業，重複的自然現象、社會風俗往往和人類行為連繫在一起例如（8c）及（8d）也可看成慣常狀態。一個狀態的慣常本質也可以用表示頻率的修飾語來強調事件的重複性，

例如（8a）與（8c）的「經常」及（8d）的「總是」。持久狀態指的是存在或者真值是不受時間影響、或者不改變的現象如（8e）及（8f），所有這些持久情境都因其本質而具有無限的有效性。

8
a. 我姐姐經常穿高跟鞋。
b. 我女婿在倫敦工作。
c. 木柵經常會下雨。
d. 德國人總是喝很多啤酒。
e. 五加五等於十。
f. 太陽從東邊升起。

 第六節　活動情境 ●---------------------------------

　　從一個狀態變成另一個狀態是一個動態事件，如例子（9a），動態述語同時揭示一個狀態只能依靠能量的持續投入才能繼續存在，一旦停止投入能量，它便會停止。下列描述活動的句子，都具有動態述語。動態不具有區段同質性，活動發生在一定長短的時間段內，活動可以是長久的，但不一定是連續不斷的，例如不能以句子（9b）推斷出小華在這個暑假的每時每刻都在 Starbucks 打工，同樣在（9c）中，如果棒球隊從六月訓練到八月成立，並不能

表明從六月到八月的每個時刻棒球隊都在訓練成立。在例子（9d）裡面，動詞揭示了一個長久的變化，但並不一定是一個持續不斷的變化，變化的速率也不一定恆定。

9　a. 鮮豔的風箏迎風招展。

　　b. 小華今年暑假在 Starbucks 打工。

　　c. The baseball team practiced from June till August.

　　d. Aunty's health deteriorated during the next few months.

　　活動可由持續長度來確定，例如跑步、微笑、喝啤酒、打牌、寫信、發出噪音等，一個活動也可以由很多測試來鑑別，由於活動是未完成的，它們可以像（10a）那樣被終止，並且由於它們涉及持續性，可以用 how long（多久）問句提問如（10b），也可用表持續的修飾語來具體化時間的延伸長度如（10c）的三個小時和（10d）的從早到晚。

10　a. Stop making all that noise!

　　b. How long did you play piano?

　　c. 會議已經開了三個小時了。

　　d. 媽媽從早到晚在廚房忙碌。

活動一直持續，不具有一個自然終點，但如果與活動共現的直接受詞提供了自然終點，清楚標示活動的終止，活動就會轉變成完結事件，如下列句子所示：

11
a. Sylvia wrote poetry all morning.

b. Sylvia wrote poems all morning.

c. Sylvia wrote three poems this morning.

從表示時間延展度的修飾語 all morning 可以看出句子（11a）和（11b）描述的是活動，可用 how long 詢問活動的持續時間，因為直接賓語是不可數名詞詩歌 poetry 和不定可數名詞複數 poems，它們具無界性故不能暗示一個事件的終結點，因此只表達活動的持續進行，但不能表示活動的結束。而一個有界的名詞 three poems 則明確標示一個活動事件結束的終止點，也就是當 three poems 均完成的時候，因此（11c）描述了一個完結性事件，這可以從時間修飾語 this morning 判斷。如果我們將（11c）的完結性事件和一個表示時間延展度的修飾語結合起來，得到的結果是不合語法的 *I wrote three poems all morning。

 第七節　短促情境 •-------------------------------

短促情境類型（semelfactive，從拉丁文 semel (once)

而來）是瞬間性的事件，短促行為像是踢人、敲門、摔了一只玻璃杯、球彈跳、光閃過，產生速度之快以至於根本不具有持續性。由於短促行為的瞬時性，因此無法從內部來觀察它們的時間結構，但因為開始等於結束的特性使得短促行為可以與持續性副詞連用產生一再重複短促動作的語意，也可以使用進行式，如下面例句（12a）-（12d）所示：

12 a. Bill kicked his sister.〔踢一次或多次〕

b. Bill kicked his sister three times.〔踢三次〕

c. Bill was kicking his sister.〔一直重複踢〕

d. * Philip was kicking his sister three times.

句子（12a）是歧義句，它可以表示踢的單一行為或多次行為。踢的次數可以用句子（12b）那樣來表現，在（12b）中，kicked three times 組成了 kick 這個行為的重複義，每一次踢都是一個獨立的事件，甚至可以發生在各自不同的時間，例如，一次發生在早晨，一次發生在下午還有最後一次發生在晚上。（12c）的進行式促使我們將事件看做一個在時間上可以延續的事件。由於一個瞬間行為無法在時間上延展，我們將這個事件理解為踢這個行為為多次的重複活動或者一個多次態（iterative）活動。獨立的瞬間性事件組成了一個單一的持續性事件，這個持

續性事件本身內部卻是多元的。這也可以應用於進行式句子例如 My friend is nodding his head、My dog is banging against the door、Angela is skipping in front of the class 等等。我們可能只點一次頭，狗兒往往撞好幾次門或者跳好幾下繩。然而，只有當我們使用進行式時，我們會將這些獨立的子事件看作是可以組成一個單一多次態事件的子事件。多次態的概念需要和重複的概念區分開來。因此，句子（12d）*Philip was kicking his sister three times. 是不合語法的原因在於，它將兩個概念結合造成解讀上的矛盾，進行式促使我們將其看做一個單一多次態事件，然而數量表達 three times 又讓我們看到一個獨立事件的重複。

第八節　瞬成情境

　　瞬成動詞指的是動作一開始就完成的動詞，是著眼於事件終結的瞬間的有界事件。例如發現、抵達、爆炸及英語的 to notice、to recognize、to arrive、to find、to explode、to begin、to wake up 就是瞬成動詞。下列句子均具有瞬成時貌，表達無法持續的動作。

13　a. 小李發現了驚人的祕密。

　　 b. 王先生早上9：00抵達臺南了。

　　 c. John noticed that he forgot his ticket.

有些心理活動動詞既可以採用瞬成時貌，也可以採用持續性時貌，句子（14a）-（14c）表達了啟始（inchoative）時貌，而句子（14d）-（14f）表明了存在的狀態。

14 a. The boss (suddenly) remembered that he had an appointment at two.

b. 他突然感到一陣反胃，幾乎快要嘔出來。

c. 她瞬間明白了這句話的含義。

d. I remembered (all along) what Jane had told me.

e. 昨天發生的一切仍讓他感到震驚。

f. She knew the answer yesterday but today she can't think of it.

第九節　完結情境

　　完結情境是持續性並有自然終點的結束性事件，是由一系列指向終點的累積階段組合而成。每一個累積階段，或者說次事件，都促成了整體事件的完成。因此它們需要花費一定量的時間來實現。例如，做蛋糕這個事件需要一系列的次事件累積，像是攪和麵粉、打蛋、加水果或堅果、糖等原料、放進烤箱等過程。當所有這些次事件一步

步的完成了，就表示達到自然終點而完成了整個事件，也才可以說蛋糕做好了。因此可以用 finish 來標明完成，也可以使用 How long did X take to 的句式來詢問一個完結事件的持續長度，及表達完成性之時間副詞 in+時間區段（在…時間內）的時間修飾語來標示完結事件的持續度。

15　a. Anny made a cake.

　　b. Anny finished making a cake.

　　b. How long did Anny take to make a cake?

　　c. Anny made a cake in an hour.

　　完結事件並不侷限於一個具體的語法結構，一個完結事件的終點能以不同的語法形式表達：直接賓語（16a）、結果修飾語（16b）、方位介系詞片語（16c）、副詞性補語（16d）均可提供一個明確的自然終點來標示一個事件的完成，（16a）中有限的數量（三杯）、（16b）中一個行為的結果狀態（the door shut）、（16c）中一個傳遞行為的目標（冰箱裡），（16d）的介副詞（down）表達了行為的終點。

16　a. 他喝了三杯啤酒。

　　b. Mary slammed the door shut.

c. 小貝把烤鴨放進冰箱裡。

d. Jane calmed down.

　　表達時間間隔的短語可以和完結性事件搭配，但是不能和未完成性活動搭配，所以我們不能說 *Anny was making a cake in half an hour.，表達時間間隔的修飾語 in half an hour 在這裡不能使用，因為他們細化了一個有界的持續段，而進行式時貌又賦予了事件一個無界的持續段。完成和未完成的活動傳達的是不同的語意。這樣有趣的表現稱為未完成悖論（imperfective paradox）。另一個有界的句子例如 John drew a circle 意味著它必須有一個終點，那就是圓畫好了。然而，進行式 John was drawing a circle 這個無界的句子卻沒有這種意涵。一個未完成活動在任何時間點都可能被打斷，但仍然被看做是活動，但打斷後的事件將永遠無法達成終點，因而有這樣的悖論。

　　活動和完結事件都是動態持續的，但是活動貫穿整個時間段，而完結事件在取得結果之前需要不停地努力，因此，活動可以和簡單持續性副詞如 for an hour 連用，而完結事件能和完成性副詞如 in an hour 連用。同時還需注意的是不只有主語和賓語，連副詞都能對一個情境內的時貌產生影響，一般認定為瞬成和完結事件的動詞，也可以添加一些副詞變成活動。句子（17a）具有結束性語意，但是句子（17b）由於增加了複數主語 the guests 和介詞 throughout 而具有了持續未完成的活動意義。同樣，

句子（17c）具有結束性意義，而句子（17d）的複數賓語使得句子帶有了持續未完成的語意。（17e）表達完成的事件，量詞每週為例句（17f）帶來分散（distributive）語意。另一種和完成性有關的現象就是，一個未完成動詞加了介副詞如 up、down、out 也會變成完成性的語意，（17g）是未完成事件而（17h）是完成事件。

例 17

a. Bill arrived at noon and left at 3 o'clock.

b. The guests arrived and left throughout the evening.

c. Tim watched a movie.

d. Tim watched several movies.

e. 小明上週六和朋友去爬山。

f. 小明每週六都和朋友去爬山。

g. The papers burned.

h. The papers burned up.

第十節 華語的時貌標記：了、著、過 ●--------

　　華語的時制一般有時間詞修飾，華語的時貌也有各類情境類型在前面各節已舉例。華語很重要的一個特性是運用時貌標記（aspect marker）標示時貌的功能，以下分別介紹「了」、「著」、「過」這三個時貌標記。

「了」作為時貌標記，在華語中表達的是事件終止（termination）或完成（completion），請看下面的例子：

18 a. 我昨天讀了金庸的書。

b. 我昨天讀了三本金庸的書。

c. 我昨天讀了金庸的書，但是還沒讀完。

d. *我昨天讀了三本金庸的書，但是還沒讀完。

上面（18a）句表達的是事件的終止，但並不是事件的完成，我們可以藉由連接另一個子句來證明這一點如（18c）所示。而（18b）句表達的則是完成，因此，如果我們也加上相同的子句如（18d），聽來並不符合邏輯。「了」指示的究竟是終止還是完成，取決於它所處的情境類型，若情境有自然終點，則「了」表達完成，若無自然終點，那麼「了」表達終止。原因在於用完結時貌表達的自然終點情境一般被分析為一個單純的整體，並且已經包括了它內在的空間終點，所以只能被理解為完成。而無自然終點的情境，因不具有空間終點，其完成時貌表達的只是一個動作執行的結束。另外需要注意的是，當狀態動詞與「了」搭配，往往具有動態的意味，它所描述的情境指的是一個狀態的起始，如下面的例子（19）時間指涉的是小明餓的開始點。

例 19 小明餓了。

和「了」一樣，「過」也能表現完成時貌，但是與情境一起使用時，兩者卻截然不同：

例 20
a. 李先生夫婦上個月去了美國。
b. 李先生夫婦上個月去過美國。
c. 李先生夫婦上個月去了美國，還沒回來。
d. *李先生夫婦上個月去過美國，還沒回來。

從（20a）和（20b）可以看出，「了」和「過」都表明「去美國」這件事已經完成，不同的是，（20b）句著重情境的經驗性（experientiality）以及與現在狀態的中斷性（discontinuity），換言之，「過」修飾的情境僅限於當時，不適用於現在，所以（20d）句後段接還沒回來，不符合前句去過美國之語意邏輯。而（20a）句強調的是情境的事實性（actuality），只表示事件已完成，而不顯示與目前狀態的連繫，因此（20c）後句說還沒回來，語意與前句去了美國沒有違背。下面（21a）和（21b）也是同理：

21 a. 小明摔斷了胳膊。

b. 小明摔斷過胳膊。

（21a）句暗示小明的胳膊現在可能還是斷的，而（21b）句則隱含了小明現在已經痊癒的意味。但並非所有的「過」都強調狀態的改變，如（22a）和（22b）：

22 a. 小華打過棒球。

b. 我吃過印度菜。

無自然終點情境如（22a）並不涉及狀態的改變：打棒球以後並不存在一個結果，也不存在中斷性；讀一本書、吃一次飯如（22b）也不包含永久有效的最終狀態。這裡的「過」表達的是經驗性。

時貌標記「著」修飾持續進行的情境，表達未完成時貌，著眼事件導致的結果狀態，下面句子表達的是結果性狀態，是動詞表達的事件發生後的狀態階段，如蘋果的狀態是在桌子上。

23 a. 桌上放著一個蘋果。

b. 小狗在草坪上躺著。

c. 地上鋪著藍色瓷磚。

　　下面（24）的例句組顯示「著」也可以修飾直接指示狀態的動詞，但只能是表達情景層面述語（stage-level predicate），如（24a）及（24b），也就是只能侷限在一段的時間和空間範圍內；「著」不能和個體層面述語（individual-level predicate）搭配出現。所謂個體層面述語，指的是描述比較持久的特性且直接應用在個體的述語，如一個人聰明與否，或一個人的身高，因此（24c）及（24d）不可被接受。另外，由於「著」標示的狀態性，因此在敘述時經常出現在複雜句的附屬子句中為主要了句陳述背景訊息，（25a）的主要訊息是王先生夫婦散步，「順著河堤」提供散步地點的背景訊息；（25b）主要訊息是小王夫婦到貓空爬山，「背著背包」提供攜帶物件之背景訊息。

例
24

a. 街頭瀰漫著過年的氣氛。

b. 小明一整個早上都餓著肚子，現在終於可以吃飯了。

c. *小華一直聰明著。

d. *小明高著。

25 a. 王先生夫婦順著河堤散步。

b. 小王夫婦背著兩個背包到貓空爬山。

第十一節　情　態 •----------------------------------

　　情態（modality）也是屬於句子層次的語意，情態意義主要表現說話者對外在事件的評論及態度。如果對外在發生的事件說話者很有把握，那就直接用事實性句子表達即可，但說話者也可能對事件的發生或狀態不是那麼有把握，因此可以表達事件可能是真的或假的，或者對某些情境認為應該或者不應該如何，也可以談論某人能做到或者不能做到什麼，必須履行什麼義務，或者嚴禁從事什麼等，這些概念共同構成情態。每個語言會有不同之語言形式來表現情態，以英語為例，可以用情態形容詞搭配句子結構，可以用名詞、副詞、或者可以用表達命題態度（propositional attitude）的動詞，最普遍的形式是使用情態詞（modals），請看下面例子：

26 a. It is certain that tomorrow is going to rain.

b. It's our duty to visit our sick parents.

c. Jessica is possibly at home now.

d. I believe that tomorrow is going to rain.

e. John must be at home now.

f. John must go to school on time.

關於情態的類型，學者們有不同的分類方法，最常見的兩種是知識情態（epistemic modality）及義務情態（deontic modality）。前者表達說話者根據事件之發生做認知和推理，後者涉及說話者表達聽話者或句子中的指涉對象具有某種行為義務。英語的情態詞這兩種均可表現，如（26e）表達的是知識情態，而（26f）表達的是義務情態。另外有表達能力的情態意義，將於以下介紹。

一、知識情態

知識情態表達說話者以一個已知事件狀態獲取的知識為基礎，推斷及評估外在情境之可能性，認知評估建立在感知或直覺證據的基礎上，在使用情態表達時，說話者可根據自己對知識基礎的把握程度，而選擇強度不同之情態詞來表現，這個可能性屬於說話者對事件真實性狀態的評估，既需要考慮支持的證據，也需要考慮反面的證據，這個推理的過程高度主觀。以下（27）的例子即表現說話者根據他對 Jim 的瞭解，而對他此刻在家與否的把握程度的表達，例子從 must、may、might、could 依序強度由強漸弱，展現說話者對事件推論的把握程度。當否定式和情態

都出現時，否定的是命題。因此，從 must not、cannot、might not、could not 也依序由強漸弱表現說話者認為事件不可能的把握程度。

27
   a. Jim must be home right now.

   b. Jim may be home right now.

   c. Jim might be home right now.

   d. Jim could be home right now.

   e. Jim must not be home right now.

   f. Jim can't be home right now.

   g. Jim might not be home right now.

   h. Jim couldn't be home right now.

二、義務情態

　　義務情態主要表現說話者對社會因素帶來的義務（obligation）或者允許（permission）的態度有關，即說話者憑藉其權威或依賴社會普遍規範來使其他人執行行為的語言行為。義務情態也是說話者的主觀判斷認為人們應該如何如何，憑據說話者相信的社會道德、法律，來表達義務或責任；如果根據的是說話者對權力或權威的預測，則表達允許。依據說話者期望事件實現的態度，情態詞亦可表現由強至弱，如羅列於（28）的例子義務情態詞由

must、should、need to、ought to 表達聽話者的義務或責任行為，羅列於（29）的例子義務情態詞由 may、can、could、might 表達聽話者被許可的行為。

28 a. You must take the book back.

b. You should take the book back.

c. You need to take the book back.

d. You ought to take the book back.

29 a. You may leave the book there.

b. You can leave the book thcrc.

c. You could leave the book there.

d. You might leave the book there.

　　當請求許可時，我們需要平衡請求的分量和雙方的社會關係及說話場合，may 往往適用於嚴肅的請求、聽話者地位較高、正式的場合，如 May I invite you to lunch with me tomorrow? 或 May I have your attention?，而 can 或 could 往往適用於較不正式的場合，如 Can/Could I use your phone?

三、表能力的情態詞

能力一般是一個人顯著而獨特的屬性，例如在拉緊的繩索上走路或者用一隻手撐地走路，是一種能力。但對於人類、動物和物品而言，能力的意義和功能不同，說話者可以指出句子的主詞所指涉的對象具有某種能力。如（30a）即指出 Mary 具有彈鋼琴的能力，而動物具有的能力往往用來區分它們所屬的物種，（30b）指出信天翁具有翱翔萬里的能力；物品最基本的特徵也必須和能力相關，它們的能力也就是它們的用途，如（30c）指出維他命 B 有延緩老人家腦部退化的功用。表達能力在英語是用情態詞 can 或者 be able to 標示，而華語則有不同的選擇如（30d）用「會」，（30e）用「能」，（30f）用「可以」。

30
a. Mary can/is able to play the piano.

b. Albatross can/are able to soar for thousands of miles without rest.

c. Vitamin B can/is able to slow brain shrinkage in elderly people.

d. 小美會彈鋼琴。

e. 信天翁能翱翔萬里。

f. 維他命 B 可以延緩老化。

 練習題

1. 針對下列例句括弧中的動詞，寫出相符合的時制或時貌：

   a. I only (know) him for a minute and already (hate) him.

   b. I (sit) at the computer all day. My eyes are burning and my neck is stiff.

   c. When the phone (ring), I (sip) coffee and (watch) TV.

   d. I (be) away all week on a conference and (not arrive) home until late on Friday night.（有四種可能）

   e. It (be predicted) that, by 2025, the number of vehicles on the road (increase) by over 100 per cent.

2. 下列五種時貌類型與其示例均在本章節中詳細介紹：

   (1) durative, unchanging state (e.g. need)

   (2) durative, continuing activity (e.g. argue)

   (3) durative, changing activity (e.g. improve)

   (4) punctual, momentary act (e.g. flash)

   (5) punctual, change of state (e.g. arrive)

   以你對這五種時貌類型的認識判斷以下幾個動詞分屬何種類型？

   die, fall, float, hope, jump, knock, mature, possess, wonder

3. 下列例句皆為具自然終點之情境，請判斷何者為瞬成情境，何者為完結情境？

(1) She awoke.

(2) Mandy ran a race.

(3) We arrived at home.

(4) The child grew up.

(5) The clerk stood up.

4. 使用情態動詞完成下列的簡短回答：

(1) Do you have to work on Saturdays?

No, we _____.

(2) Hadn't/Shouldn't we better ask John to come?

Yes, we _____.

(3) Shouldn't we report this to the police?

Yes, I think we _____.

(4) (to teacher) May I leave now?

No, you _____.

(5) May I use your phone a moment?

Yes, _____.

(6) (to someone with hands full) Shall I open the door for you?

No, _____.

Yes, _____.

5. 根據謝佳玲（2006）華語情態詞的分類有認知情態、義務情態、動力情態與評價情態四種，而有些情態詞

如「能」、「應該」或「會」常因語境不同而呈現不同的情態類型。就本章節所學關於情態詞的概念，解釋下列三組句子的語意差異：

(1) a. 昨天晚上<u>應該</u>下雨了。

　　b. 環評會建議大家<u>應該</u>少用塑膠袋。

(2) a. 阿美<u>會</u>參加大明的歡送會。

　　b. 龍生龍，鳳生鳳，老鼠生的兒子<u>會</u>打洞。

(3) a. 小靜<u>能</u>說十三國語言。

　　b. 你<u>能</u>把水遞過來嗎？

 參考答案

第一章　意義的研究

1.

(1) John gave Sue a rose and John gave Mary a rose as well.

(2) John and Mary both gave a rose to Sue.

(3) John admired Sue more than he admired Mary.

(4) John admired Sue more than Mary admired Sue.

(5) What Mary did to Bill was kissing him but nothing else.

(6) Mary kissed Bill, and she did something else to him.

(7) Mary did some unexpected things to Bill, including kissing him even though kissing is the least likely action Mary would have done to Bill.

(8) John but not someone else will go to Berlin tomorrow.

(9) Mary did kill Bill, but she used some other tools instead of the hammer.

(10) (MARY) Someone else but not Mary killed Bill with the hammer.

(NOT) Mary tried to kill Bill with the hammer, but didn't succeed.

(KILL) Mary tried to do something but not killing to Bill with the hammer.

(BILL) Someone else but not Bill was killed by the hammer.

(HAMMER) Mary killed Bill, not with the hammer, but with other instruments.

(BILL WITH THE HAMMER) Mary tried to kill Bill, who carried the hammer, but failed.

2. 幽默效果來自於說話者 A 與說話者 B 對韻律的不同想像。說話者 A 嘗試去問為什麼嬰兒衣著顏色會因性別而有差異，根據說話者 A 的疑問問句，韻律焦點在承載新訊息的兩種不同顏色──粉紅色與藍色。然而，說話者 B 卻以幽默的方式將焦點擺在 we 上面回答說話者 A，we 是語句中不具新訊息的位置，通常來說也不是韻律焦點所在；因此，說話者 B 的刻意回答造成了這段幽默的對話。

3. 詳略

4.

(1) 符號

(2) 圖標

(3) 符號

(4) 指標

(5) 符號

(6) 符號

(7) 圖標

第二章　語意的多層性與多元性

1.

(1) 「a unicorn」為想像出來的生物（imaginative），現實中並無這樣的對應。

(2) 「My big cat」與「a small elephant」為相對形容詞（relative adjective）所修飾的物體，然而，這樣的形容方式不符合我們對貓與大象平常的認知。

(3) 「Pope」與「Tarzan」為典型與非典型例子的對比。

(4) 「white zebra」為反常的例子。

(5) 「very in love with」並不具有指稱意義。

2. 詳略

3.

(1)

bounce	a ball/ a baby	flash	a light
untangle	cable/ hair	brew	tea/ coffee
撞	牆／山	撒	鹽／網
撥	電話／算盤	灑	水／花

(2)

a golden delicious apple

blond (pale yellow)/brunette (dark brown) hair

a green light

white wine

young woman

new friend

contemporary art

new / modern movies

4. 詳略

第三章　詞彙語意關係

1.

a heavy package

a dark color

a short/ small building

high prices

high heels

an easy problem

a soft chair

a loud voice

a wide road

an open mind

a thin board

light/ watery soup

a sour apple

bitter tea

a weak body

mild/ shallow feelings

2. 詳略

3. 詳略

4. 詳略

第四章　事物概念的體現──指涉

1.

    (1) <u>Specific reference</u>

    (2) <u>Non-specific reference</u>

    (3) <u>Non-specific reference</u>

    (4) <u>Non-specific reference</u>

    (5) <u>Specific reference</u>

2.

    (1) The souvenir from Paris Pete promised

    (2) Any kind of a souvenir from Paris

    (3) Frances

    (4) Shirley

    (5) Several

    (6) The police

3. a.   Ø   Mississippi (state)

   b.   the   Mississippi (river)

   c.   Ø   Cambridge University

   d.   the   Pyramids

e. __the__ Golden Gate Bridge

f. __Ø__ Buckingham Palace

g. __the__ Balkans

🔘 第五章　指　示

1.

(1) 手勢性指示

(2) 象徵性指示

(3) 非指示非回指

(4) 非指示回指

(5) 手勢性指示

(6) 象徵性指示

(7) 非指示非回指

(8) 手勢性指示

(9) 象徵性指示

(10) 非指示非回指

(11) 手勢性指示

(12) 象徵性指示

(13) 非指示非回指

(14) 手勢性指示

(15) 象徵性指示

(16) 非指示非回指

2. 略

3. 詳略

第六章　事物概念的類型——名詞

1.
   a. 不可數名詞　　　b. 不可數名詞
   c. 兩者皆可　　　　d. 兩者皆可
   e. 兩者皆可　　　　f. 可數名詞

2.
   a. troop

   b. cattle

   c. constellation

   d. jury

   e. congregation

   f. head

   g. ministers of the board

   h. faculty

3. 略

第七章　語意角色與述語類型

1.
   (1) 受事＋事件
   (2) 主事＋行爲
   (3) 主事＋行爲
   (4) 受事＋事件

(5) 受事＋事件

(6) 主事＋行為

(7) 主事＋行為

(8) 主事＋行為

(9) 受事＋事件

(10) 主事＋行為

2.

(1) (ii) Her husband woke up.

(2) (i) Our team lost.

(3) (ii) The kites are flying.

(4) (i) They played.

(5) (ii) The paraffin melted.

(6) (ii) The car started.

(7) (ii) The bell rang.

(8) (i) Allen wouldn't help.

(9) (i) Yolanda weaves.

(10) (iii) Did your barber shave?

第八章　時制時貌及情態系統

1. 略

2.

die：5

fall：4

float：2

hope：1

jump：4

knock：4

mature：3

possess：1

wonder：1或2

3. 下列例句皆爲具自然終點之情境，請判斷何者爲瞬成情
境，何者爲完結情境？

   (1) 瞬成情境

   (2) 瞬成情境

   (3) 瞬成情境

   (4) 完結情境

   (5) 瞬成情境

4. 使用情態動詞完成下列的簡短回答：

   No, we don't have to.

   Yes, we should / really ought to.

   Yes, I think we should / must / ought to.

   No, you may not.

   Yes, you certainly can.

   No, thank you. That's ok. I can manage.

   Yes, please, if you could be so kind.

5. 略

 參考書目

Berlin, B., & Kay, P. (1991). *Basic color terms: Their universality and evolution.* California: University of California Press.

Comrie, B. (1976). *Aspect: An introduction to the study of verbal aspect and related problems.* Cambridge: Cambridge University Press.

Davidson, D. (1984). *Inquiries into truth and interpretation.* Oxford: GB.

Edmonds, B. (1999). Pragmatic holism (or pragmatic reductionism). *Foundations of Science, 4*(1), 57-82.

Evans, V., & Green, M. (2006). *Cognitive linguistics: An introduction.* Edinburgh: Edinburgh University.

Fillmore, C. J. (1968). The case for case. In E. Bach & R. Harms (Eds.) *Universals in linguistic theory.* (pp. 1-88). New York: Holt, Rinehart, and Winston.

Fillmore, C. J. (1976). Frame semantics and the nature of language. *Annals of the New York Academy of Sciences, 280*(1), 20-32.

Frege, G. (1948). Sense and reference. *The philosophical review, 57*(3), 209-230.

Fromkin, V., Rodman, R., & Hyams, N. M. (2007). *An introduction to language.* Boston, MA: Thomson Wadsworth.

Hofmann, T. R. (1993). *Realms of meaning: An introduction to semantics.* London: Longman.

Huang, Y. (2001). Reflections on theoretical pragmatics. *Waiguoyu, 131*, 2-14.

Huang, Y. (2007). *Pragmatics*. Oxford: Oxford University Press.

Kreidler, C. W. (2014). *Introducing English semantics* (2nd ed.). London: Routledge.

Labov, W. (1973). The boundaries of words and their meanings. In C.-J. N. Bailey & R. W. Shuy (Eds.), *New ways of analysing variation in English* (pp. 340-373). Washington D. C.: Georgetown University Press.

Lakoff, G. (1990). *Women, fire, and dangerous things: What categories reveal about the mind*. Chicago: University of Chicago press.

Lakoff, G., & Johnson, M. (1980). *Metaphors we live by*. Chicago: University of Chicago Press.

Langacker, R. W. (2008). *Cognitive grammar: A basic introduction*. Oxford: Oxford University Press.

Lyons, J. (1995). *Linguistic semantics: An introduction*. Cambridge: Cambridge University Press.

Ogden, C. K., & Richards, I. A. (1923). *The meaning of meaning: A study of the influence of language upon thought and of the science of symbolism*. Presses Universitaires de France.

Quine, W. V. (1953). On A So-Called Paradox. *Mind, LXII* (245),

65-67.

Radden, G., & Dirven, R. (2007). *Cognitive English grammar Vol. 2*. John Benjamins Publishing.

Recanati, F. (2004) *Literal meaning*, Cambridge: Cambridge University Press.

Riemer, N. (2015). *Introducing semantics.* Cambridge: Cambridge University Press

Saeed, J. I. (2016). *Semantics* (4th ed.). Oxford: Blackwell.

Smith, C. S. (1991). *The parameter of aspect.* Dordrecht: Kluwer Academic.

Vendler, Z. (1967). *Linguistics in philosophy.* Ithaca, NY: Cornell University Press.

周世箴（譯）（2006）。我們賴以生存的譬喻（原作者：Lakoff, G. & Johnson, M.）。臺北市：聯經出版公司。

連金發（2000）。構詞學問題探索。漢學研究，18（2），頁61-78。

謝佳玲（2006）。漢語情態詞的語意界定：語料庫為本的研究。中國語文研究，21，頁45-63。

 索　引

A

D

E

F

215

L

Q

R

S

T

U

國家圖書館出版品預行編目資料

語意學／賴惠玲著. ――初版. ――臺北市：
　五南圖書出版股份有限公司, 2017.05
　面；　公分
　ISBN 978-957-11-9168-3（平裝）

1. 語意學

801.6　　　　　　　　106006310

1X5H

語意學

作　　者 ― 賴惠玲

發 行 人 ― 楊榮川

總 經 理 ― 楊士清

總 編 輯 ― 楊秀麗

副總編輯 ― 黃文瓊

編　　輯 ― 吳雨潔

校　　正 ― 厲亞敏、胡雪瀅、樊　毓、鍾善存

封面設計 ― 陳翰陞

出 版 者 ― 五南圖書出版股份有限公司

地　　址：106台北市大安區和平東路二段339號4樓

電　　話：(02)2705-5066　　傳　　真：(02)2706-6100

網　　址：https://www.wunan.com.tw

電子郵件：wunan@wunan.com.tw

劃撥帳號：01068953

戶　　名：五南圖書出版股份有限公司

法律顧問　林勝安律師

出版日期　2017年5月初版一刷
　　　　　2023年9月初版三刷

定　　價　新臺幣360元

經典永恆・名著常在

五十週年的獻禮 —— 經典名著文庫

五南，五十年了，半個世紀，人生旅程的一大半，走過來了。

思索著，邁向百年的未來歷程，能為知識界、文化學術界作些什麼？

在速食文化的生態下，有什麼值得讓人雋永品味的？

歷代經典・當今名著，經過時間的洗禮，千錘百鍊，流傳至今，光芒耀人；

不僅使我們能領悟前人的智慧，同時也增深加廣我們思考的深度與視野。

我們決心投入巨資，有計畫的系統梳選，成立「經典名著文庫」，

希望收入古今中外思想性的、充滿睿智與獨見的經典、名著。

這是一項理想性的、永續性的巨大出版工程。

不在意讀者的眾寡，只考慮它的學術價值，力求完整展現先哲思想的軌跡；

為知識界開啟一片智慧之窗，營造一座百花綻放的世界文明公園，

任君遨遊、取菁吸蜜、嘉惠學子！